NORA ROBERTS

L'éclat d'une passion

BestSellers

Titre original : UNTAMED

Traduction française de FABRICE CANEPA

HARLEQUIN®
est une marque déposée par le Groupe Harlequin

Photo de couverture
Rose *:* © PLAINPICTURE/MILLENIUM/PECK THOMAS

83-85, boulevard Vincent-Auriol 75646 PARIS CEDEX 13.
Service Lectrices — Tél. : 01 45 82 47 47
www.harlequin.fr
ISBN 978-2-2802-1782-8

Chapitre 1

Le fouet claqua sèchement dans l'air et, en un parfait accord, les douze lions sautèrent au bas des piédestaux sur lesquels ils se trouvaient. D'un même mouvement, ils gagnèrent le centre de la piste et s'immobilisèrent, disposés en forme de huit, face à leur dresseuse.

Cet exercice exigeait d'eux une parfaite coordination que seules des heures d'entraînement et de patientes répétitions avaient permis d'obtenir. Un nouveau claquement retentit et les fauves s'allongèrent, leurs lourdes têtes reposant sur leurs pattes de devant.

— Tête haute ! s'exclama la dresseuse d'une voix autoritaire.

Les lions obéirent aussitôt, s'immobilisant dans une position qui rappelait celle du sphinx.

L'exercice continua et la dresseuse les fit tour à tour marcher sur leurs pattes arrière, sauter à travers un cerceau, passer d'un piédestal à l'autre et se rassembler au centre de la piste.

Elle s'allongea alors au milieu d'eux et fit rugir l'un de ses animaux. Se redressant, elle les fit se relever et se diriger un par un vers le tunnel qu'avait ouvert son assistant et qui menait à leurs propres cages.

Finalement, il ne resta plus qu'un seul mâle, le plus impressionnant de tous, qui se frotta contre les jambes de sa dresseuse en ronronnant. Elle le gratta derrière l'oreille avant de monter sur son dos pour faire le tour de la cage avec autant de naturel que si elle s'était trouvée juchée sur un cheval.

Puis elle descendit et fit sortir le dernier lion après lui avoir fait faire une révérence.

Elle se retrouva alors seule dans la cage et se tourna vers l'homme qui se trouvait à l'extérieur et avait observé avec attention sa démonstration.

— Alors, Duffy ? fit-elle. Qu'en penses-tu ? Est-ce que nous sommes prêts ?

Duffy tira une bouffée de cigare et passa la main dans ses cheveux coupés au bol qui le faisaient paraître bien plus jeune qu'il ne l'était en réalité. Le directeur du cirque Prescott était un homme de petite taille, d'apparence débonnaire.

Ses grands yeux bleus et les taches de rousseur qui constellaient ses joues rappelaient ses origines irlandaises et accentuaient l'impression d'innocence et de gentillesse qui se dégageait de lui.

A le voir, il était difficile d'imaginer qu'il dirigeait l'un des plus gros cirques du pays. Mais les apparences étaient trompeuses et Duffy était sans conteste le plus doué de tous ceux qui avaient assumé cette redoutable responsabilité.

— Cela vaudrait mieux pour toi, Jo, répondit-il avec un sourire teinté d'une légère ironie. La première a lieu demain soir à Ocala.

Jo lui rendit son sourire et s'étira langoureusement pour chasser la tension qui l'habitait. Elle venait de passer plus de trente minutes dans la cage à parfaire son numéro et se sentait prête à affronter le regard du public.

— Mes chats sont impatients de reprendre la route, déclara-t-elle. L'hiver a été long et, comme nous tous, ils ont hâte de retrouver la piste.

Duffy hocha la tête. Il savait que, comme la plupart de ses employés, la jeune dresseuse brûlait de repartir en tournée. Et la prestation à laquelle il venait d'assister l'avait convaincu du fait qu'elle était tout à fait prête.

Il avait été très impressionné par la maîtrise parfaite dont elle avait fait preuve. Pendant toute la durée de la démonstration, elle avait montré une habileté et une concentration impressionnantes.

Ses qualités de dresseuse égalaient à présent celles de son père, Steve Wilder, qui avait été l'un des plus grands dompteurs de son temps. De sa mère acrobate, elle avait hérité la silhouette mince et nerveuse et les traits délicats de son visage.

Ses beaux yeux verts, ses pommettes hautes et bien dessinées et ses longs cheveux d'un noir de jais faisaient tourner bien des têtes. Et sa beauté était encore accentuée par la couleur de miel qu'avait donnée à sa peau le doux soleil de Floride.

Pourtant, Duffy savait que, sous cette apparence fragile et angélique, se dissimulait une volonté de fer grâce à laquelle Jo exerçait sur ses animaux un contrôle presque absolu. D'un œil attentif, il la suivit tandis qu'elle donnait ses instructions aux garçons chargés de nourrir et de soigner les fauves. Puis elle sortit enfin de la cage et le rejoignit.

Tous deux se dirigèrent alors vers le bureau de Duffy.

— Tu as l'air préoccupé, remarqua-t-elle. Est-ce que l'un de nous a décidé de ne pas repartir en tournée ?

— Non.

Cette réponse laconique ne fit qu'aiguiser la curiosité de Jo. Duffy n'avait pas l'habitude de se montrer si peu loquace. Mais elle le connaissait assez bien pour comprendre qu'il était inutile de le presser de questions. Il parlerait lorsqu'il l'aurait décidé et pas avant.

Tandis qu'ils traversaient le terrain sur lequel le cirque avait élu domicile durant les mois d'hiver, elle observa l'activité bourdonnante qui y régnait. La plupart des artistes répétaient leurs prochains numéros. Vito, le funambule, avait tendu une corde entre deux arbres et perfectionnait ses dons d'équilibriste.

Les Mendalson, un couple de jongleurs, faisaient voltiger entre eux toutes sortes d'objets à une vitesse prodigieuse. Leur maîtrise était telle qu'ils paraissaient défier les lois de la gravité, offrant une prestation qui confinait à la magie. Plus loin, les écuyers soignaient leurs chevaux en échangeant des plaisanteries en espagnol.

Jo aperçut aussi l'une des filles des Stevenson montée sur des échasses. Elle était née six ans auparavant, alors que Jo, à cette époque âgée de seize ans, venait de commencer sa carrière de dresseuse.

Jo ne put s'empêcher de sourire. Cette scène qui aurait sans doute semblé très exotique aux yeux de la plupart des gens était pour elle aussi familière que rassurante. Elle aimait ce monde chamarré, cette complicité profonde qui régnait au sein de la petite communauté.

Pour tous les artistes, le cirque était bien plus qu'un simple métier. C'était un mode de vie. Et Jo n'en avait pas connu d'autre. Née de parents saltimbanques, elle avait passé sa vie sur les routes avec ces gens qui étaient devenus aussi chers à son cœur que s'ils avaient fait partie de sa famille.

C'étaient eux qui lui avaient enseigné tout ce qu'elle savait et transmis les valeurs qui étaient aujourd'hui les siennes. Elle avait grandi au milieu des lions, des chevaux et des éléphants, traversé le pays en tous sens, appris à jongler, à marcher sur un fil et à faire du trapèze.

Et son père lui avait fait partager son don le plus précieux, l'art du dressage. Chaque fois qu'elle entrait dans la cage, chaque fois qu'elle saluait son public, elle pensait aux heures qu'il avait passées à lui prodiguer des conseils, à l'encourager, à l'aider à surmonter sa peur et à comprendre ces fauves qu'elle aimait tant.

Cela faisait aujourd'hui plus de quinze ans que ses parents étaient décédés, mais ils continuaient à influencer son existence entière.

Alors qu'ils approchaient du bureau de Duffy, Jo aperçut les jonquilles qui poussaient devant la fenêtre. C'était elle qui avait planté ces fleurs avec Frank Prescott. Elle avait alors treize ans et était désespérément amoureuse d'un acrobate de trois ans son aîné, qui ne lui accordait pas même un regard.

Tandis que Frank et elle jardinaient côte à côte, il avait su trouver les mots pour la consoler et réparer son cœur brisé.

— Je n'arrive pas à croire qu'il soit mort, soupira-t-elle comme ils pénétraient dans le bureau de Duffy.

Le mobilier de cette pièce se limitait à une table de travail, trois chaises et quelques armoires en métal qui renfermaient tous les documents ayant trait à la gestion du cirque. Les murs, en revanche, étaient recouverts d'affiches aux couleurs flamboyantes. On y voyait des éléphants, des trapézistes, des acrobates et des dresseurs. Chacune d'elles semblait renfermer un peu de cette magie propre au grand chapiteau.

— J'avoue que moi non plus, dit Duffy avec un soupir en refermant la porte derrière eux. Je m'attends sans cesse à le voir surgir avec une de ces idées délirantes dont il avait le secret.

Tout en parlant, Duffy avait allumé l'antique machine à espressos aux reflets cuivrés qui constituait son trésor le plus cher. Il remplit alors le filtre de café fraîchement moulu et leur servit deux tasses. Il en tendit une à Jo, qui avait pris place sur l'une des chaises disposées face au bureau.

— Il nous manque à tous, répondit-elle après avoir avalé une gorgée de ce délicieux nectar. Et la tournée ne sera pas la même sans lui…

Duffy marqua son accord d'un léger hochement de tête. Dans ses yeux se lisait un mélange de tristesse et de résignation.

— Ce n'est pas juste, ajouta-t-elle avec une pointe de colère. Il n'était pas si vieux que cela. Pourquoi a-t-il fallu qu'il meure d'une crise cardiaque ?

De fait, le décès de Frank Prescott à l'âge de cinquante-quatre ans avait surpris tout le monde. Jusqu'alors, il avait toujours joui d'une parfaite santé et d'une intarissable vitalité.

Tous avaient amèrement pleuré sa disparition. Car Frank était de ces hommes qui ne laissent personne indifférent : enthousiaste, affectueux, plein d'humour, il savait communiquer à ceux qui l'entouraient cette joie de vivre qui le caractérisait.

Mais Jo avait été plus profondément affectée encore que les autres par sa disparition. Car depuis la mort de ses parents, c'était Frank qui avait veillé sur elle. Il l'avait toujours considérée comme la fille qu'il n'avait jamais eue et, lorsqu'il était mort, elle avait eu l'impression de perdre son père une nouvelle fois.

— Cela fait près de six mois, remarqua Duffy, qui n'avait cessé de l'observer attentivement, lisant sur son visage le mélange de tristesse et de révolte qui lui était devenu si familier.

— Je sais, acquiesça-t-elle en laissant la tasse de café réchauffer ses mains glacées.

Elle s'efforça de chasser la profonde mélancolie qui l'assaillait. Frank n'aurait pas voulu qu'elle se laisse aller de cette façon. Au contraire, il s'était toujours efforcé de lui transmettre sa proverbiale bonne humeur et cet appétit de vivre qui l'animait.

— J'ai entendu dire que la tournée de cette année serait exactement la même que celle de l'an dernier, observa-t-elle pour faire diversion. Treize Etats en tout… Est-ce une forme de superstition ?

La question était purement rhétorique : comme tous ceux qui travaillaient avec lui, Jo savait que

Duffy croyait aux signes et aux présages. Ne conservait-il pas précieusement un trèfle à quatre feuilles dans son portefeuille et une patte de lapin accrochée au rétroviseur de sa camionnette ?

— Disons que je ne tiens pas à tenter le diable, répondit le petit homme en s'asseyant derrière son bureau. Surtout en ce moment…

Jo comprit qu'il s'apprêtait enfin à entrer dans le vif du sujet. De fait, il croisa les doigts et tira vainement sur son cigare éteint.

— Nous devrions arriver à Ocala vers 6 heures, demain, reprit-il. Si tout se passe bien, le chapiteau sera monté avant 9 heures.

— Cela nous laissera plus d'une heure pour la parade. Et nous serons prêts pour la première représentation vers 14 heures.

— Exact. Et Bonzo nous a annoncé du beau temps. Il devrait donc y avoir pas mal de monde…

— Tu sais ce que je pense des prédictions météorologiques de Bonzo, objecta Jo en souriant. A mon avis, il ferait mieux de s'en tenir au monocycle !

Duffy hocha la tête d'un air distrait, mâchouillant nerveusement son cigare froid. Percevant la tension qui l'habitait, Jo sentit monter en elle une pointe d'angoisse.

— Vas-tu me dire ce qui se passe exactement ? demanda-t-elle enfin, incapable de supporter cette attente.

— Eh bien… Quelqu'un va se joindre à la

troupe à Ocala, répondit Duffy en la regardant droit dans les yeux.

Dans ses prunelles bleu pâle, elle lut un mélange d'inquiétude et de résignation.

— Je ne sais pas combien de temps il restera avec nous, ajouta-t-il.

— Ne me dis pas que nous allons devoir intégrer un bleu au dernier moment !

Duffy secoua la tête.

— Un écrivain ou un journaliste, alors ? Quelqu'un qui travaillera une semaine ou deux comme homme à tout faire et prétendra avoir tout compris au monde du cirque ?

— Je ne pense pas qu'il accepte de travailler comme manœuvre, répondit son vieil ami. Et j'ai effectivement peur qu'il ne comprenne rien à notre univers. Malheureusement, il nous faudra faire tout notre possible pour qu'il y parvienne.

Duffy lança le mégot de son cigare dans sa corbeille avant d'en sortir un nouveau qu'il alluma, mettant à rude épreuve la patience de Jo.

— Mais de qui s'agit-il ? s'exclama-t-elle. Pas d'un nouvel artiste, je suppose ?

— Non. Cet homme n'est autre que notre nouveau propriétaire…

Jo ne répondit pas, se contentant de rester parfaitement immobile. Mais Duffy la connaissait suffisamment pour percevoir la tension qui l'habitait en cet instant.

— Non, murmura-t-elle enfin. Pas lui ! Pourquoi se décide-t-il brusquement à se manifester ? Pourquoi maintenant ?

— Parce que c'est son cirque, à présent.

— Ce n'est pas son cirque ! protesta-t-elle vivement. Ça ne sera jamais son cirque !

La colère qui l'animait était d'autant plus vive qu'elle n'avait pas pour habitude de laisser libre cours à ses émotions. En tant que dresseuse, elle se devait d'exercer un parfait contrôle sur elle-même. Mais pas cette fois.

— C'est le cirque de Frank !

— Mais Frank est mort, objecta Duffy. Et le cirque appartient désormais à son fils.

— Son fils ? répéta Jo d'un ton méprisant.

Elle passa nerveusement la main dans ses longs cheveux noirs, puis se leva brusquement pour gagner la fenêtre. Là, elle s'immobilisa, regardant sans les voir les trapézistes qui répétaient leur numéro.

Un brouhaha de voix lui parvenait, étouffé par la vitre close. On y reconnaissait un improbable mélange de dialectes et d'accents auquel elle était habituée. Les artistes provenaient de tous les pays du monde et tous finissaient par acquérir une maîtrise peu commune des langues étrangères.

— Quel genre de fils refuse de rendre visite à son père ? articula-t-elle froidement. En trente ans, il n'est pas venu le voir une seule fois. Il ne lui a jamais écrit la moindre lettre. Il n'a même pas daigné assister aux funérailles !

Elle ravala la colère et la tristesse que lui inspirait cette idée. Elle savait mieux que personne combien Frank avait souffert de cette absence, combien il avait espéré qu'un jour son unique enfant oublierait ses rancœurs et reviendrait vers lui. En vain.

— Alors pourquoi viendrait-il aujourd'hui ?

— Tu sais qu'il y a deux faces à toute médaille, Jo, répondit Duffy d'une voix calme. Tu n'étais pas née lorsque la femme de Frank est partie. Tu ne sais donc pas pourquoi elle l'a fait ni les raisons pour lesquelles ni elle ni le garçon n'ont jamais repris contact avec lui.

Après un silence, Jo se tourna vers lui, et, au masque qu'elle affichait, Duffy comprit qu'elle avait repris le contrôle de ses émotions. Mais la froideur qu'il percevait en elle prouvait qu'elle n'était prête ni à comprendre ni à pardonner.

— Ce n'est plus un garçon, aujourd'hui, répondit-elle durement. Il a trente-deux ans. Il est avocat à Chicago. Et, à l'évidence, il a parfaitement réussi sa vie. Il est même très riche. Pas seulement grâce à ce que lui rapporte son cabinet, d'ailleurs. Il a hérité de beaucoup d'argent à la mort de sa mère. Ce cirque n'a donc aucune valeur, à ses yeux.

Duffy haussa les épaules.

— Va savoir ! Peut-être compte-t-il s'en servir

pour obtenir des réductions fiscales. Peut-être a-t-il toujours rêvé de monter sur un éléphant. Peut-être veut-il vendre nos actifs, histoire de se débarrasser une bonne fois pour toutes de cet héritage inutile…

— Il ne peut pas faire ça ! s'exclama Jo, sentant une brusque terreur l'envahir.

— Bien sûr que si, rétorqua Duffy en tirant nerveusement sur son cigare. Le cirque lui appartient et il peut en faire ce que bon lui chante. Y compris le vendre par morceaux, si c'est ce qu'il souhaite.

— Mais nous avons signé des contrats avec des tas de municipalités jusqu'en octobre.

— Allons, Jo ! Tu sais très bien qu'il n'aura qu'à faire jouer la clause libératoire, quitte à payer quelques indemnités qui seront plus que couvertes par la vente du cirque. Après tout, il est avocat. Ce serait certainement un jeu d'enfant pour lui. Et, même s'il ne recourt pas à une solution aussi drastique, il n'aura qu'à attendre que nous ayons rempli nos obligations et veiller à ce que nous n'en contractions pas de nouvelles. Il vendra alors en octobre…

Constatant le profond désarroi qui se lisait sur le visage de Jo, Duffy regretta ses paroles. Peut-être était-il allé un peu trop loin. A quoi servait-il de transmettre ses propres angoisses ? Après tout,

Jo n'avait pas plus que lui la possibilité de peser sur leur avenir.

— Evidemment, reprit-il, rien ne garantit qu'il vendra. Tout ce que je voulais dire, c'est que c'est une possibilité à laquelle nous devons nous préparer.

— Mais il doit bien y avoir quelque chose à faire pour empêcher cela !

— Peut-être… Tout d'abord, nous devons lui montrer que le cirque peut constituer une source non négligeable de profits. Ensuite, il faut le convaincre que nous offrons un spectacle de qualité et qu'il serait dommage de fermer une si belle entreprise. Il faudrait lui faire comprendre ce que Frank a construit, ce pour quoi il s'est battu, ce qu'il espérait nous voir devenir. Et je crois que tu es la mieux placée pour faire son éducation.

— Moi ? s'exclama Jo, partagée entre la stupeur et la colère. Mais pourquoi ? Tu as bien plus d'expérience en matière de communication et de relations publiques. Moi, j'ai l'habitude de former des lions, pas des avocats.

— Peut-être. Mais tu étais plus proche de Frank qu'aucun d'entre nous. Et personne ne connaît ce cirque mieux que toi. Enfin, tu es intelligente. Je n'ai jamais cru que tous ces livres que tu as lus te serviraient un jour à quelque chose, mais, aujourd'hui, il se peut qu'ils aient enfin leur utilité…

— Je ne vois pas en quoi le fait que j'aime Shakespeare m'aidera à initier Keane Prescott à la vie du cirque, protesta-t-elle. Bon sang, Duffy ! Je ne connais pas ce type, mais je le déteste déjà de tout mon cœur ! Le simple fait de penser à lui me rend furieuse. Crois-tu vraiment que cela fasse de moi la personne idéale pour une telle mission ?

— Si tu ne penses pas être capable de l'assumer…

— Ce n'est pas ce que je voulais dire ! l'interrompit-elle d'une voix indignée.

— Je comprendrais très bien que tu aies peur de prendre une telle responsabilité.

— Je n'ai pas peur. Je travaille avec des fauves tous les jours et ce n'est pas un malheureux avocat de Chicago qui va m'inquiéter !

Elle se mit à faire les cent pas dans le bureau tandis que Duffy la suivait des yeux, un sourire amusé aux lèvres.

— Bien sûr, répondit-il. Mais si tu ne te sens pas à la hauteur…

— Si Keane Prescott compte vraiment passer l'été avec nous, l'interrompit-elle vivement, je me ferai un plaisir de rendre son séjour parmi nous mémorable !

— Très bien ! s'exclama Duffy, satisfait. Tâche juste de le ménager un peu.

— Compte sur moi ! dit-elle en se dirigeant vers la porte.

Lorsque celle-ci se referma en claquant derrière elle, Duffy se demanda s'il ne venait pas de commettre une erreur. Mais il connaissait suffisamment

Jo pour savoir qu'il était désormais trop tard pour faire marche arrière.

Les premiers rayons du soleil nimbaient d'une lueur rosée la vaste prairie herbeuse sur laquelle la caravane du cirque Prescott venait de s'immobiliser. En quelques minutes, cet endroit paisible et désert s'était transformé en véritable petite ville.

Jo sauta au bas de sa camionnette pour aller détacher sa roulotte, sur laquelle étaient peintes des étoiles multicolores. Pendant les prochains mois, ce serait son unique demeure, la seule, en fait, dans laquelle elle se sentait réellement chez elle.

Elle était heureuse de reprendre la route. Et, pour une fois, Bonzo ne semblait pas s'être trompé. Pas un nuage ne maculait le ciel mordoré. L'air était frais, mais cette sensation était revigorante après la nuit qu'elle avait passée au volant.

Autour d'elle, elle vit les membres de la troupe s'activer gaiement. Dans un joyeux tintamarre, chacun vaquait à ses activités. Les manœuvres avaient déjà ouvert le gigantesque camion qui contenait les mâts et la toile du grand chapiteau.

Jo se dirigea alors vers le véhicule qui renfermait les cages de ses animaux. Ses trois assistants avaient commencé à les décharger. Lorsqu'elle s'approcha pour leur prêter main-forte, Buck lui décocha un sourire complice. Lui aussi paraissait ravi de se remettre enfin au travail.

Jo le connaissait depuis de longues années puisqu'il travaillait déjà pour son père lorsqu'elle était enfant. Il avait même monté un numéro après la mort de ce dernier, le temps qu'elle soit en âge de reprendre les rênes.

Lorsqu'elle l'avait fait, il n'avait pas caché son soulagement. Car s'il ne craignait pas les fauves les plus dangereux, il était par contre d'une timidité maladive et redoutait par-dessus tout le regard du public.

C'était d'autant plus étonnant de la part d'un homme qui mesurait près d'un mètre quatre-vingt-dix et possédait une musculature de lutteur. Ses bras étaient aussi larges que les propres cuisses de Jo, et sa longue chevelure blonde lui donnait un air sauvage et indomptable.

Pourtant, il y avait en lui une immense douceur. Et personne ne faisait preuve de plus de tendresse lorsqu'il s'agissait de soigner un animal malade ou blessé, ou d'aider une lionne à accoucher.

Pete paraissait être l'exact opposé de Buck : très noir de peau, il était petit et frêle. Son âge était incertain, mais Jo pensait qu'il devait avoir entre quarante et cinquante ans. Cinq ans auparavant, il était venu voir Jo pour lui demander du travail.

Jamais il ne lui avait dit ce qu'il avait fait auparavant et elle s'était bien gardée de lui poser la question. Pour elle, comme pour la plupart des enfants de la balle, le respect de la vie privée était une valeur primordiale. La seule existence qui comptait réellement était celle qui commençait lorsqu'on s'engageait au sein de la troupe.

Mais elle avait instantanément été séduite par le calme et la patience de Pete. Il était aussi l'un des seuls à partager sa passion pour la lecture et le poker, jeu qu'il maîtrisait à la perfection.

Gerry, le plus jeune de ses assistants, avait dix-neuf ans. C'était le fils de l'une des couturières du cirque et de l'homme qui tenait la boutique de souvenirs et de sucreries. Il rêvait de devenir un dresseur et Jo avait entrepris de le former à cet art.

— Alors ? demanda-t-elle aux trois hommes. Comment vont-ils ?

— Très bien, répondit Buck. Hamlet est un peu nerveux, mais c'est normal. C'est la première fois qu'il voyage.

Jo s'approcha de la cage du jeune lion qui tournait nerveusement derrière les barreaux.

— Celui-là te donnera du fil à retordre, ajouta Buck.

— Je sais, dit-elle en souriant. Mais il est très intelligent.

Elle se redressa et attacha ses longs cheveux noirs.

— Regardez, nous avons déjà de la visite, remarqua-t-elle en désignant les véhicules qui venaient de se garer en bordure de la prairie.

C'était toujours ainsi que les choses se passaient.

Le cirque exerçait une véritable fascination sur les habitants des régions qu'il traversait. Peut-être était-ce parce que cet univers leur rappelait leur enfance, peut-être parce qu'il leur paraissait profondément exotique.

Parfois, certaines personnes proposaient même leur aide pour monter le grand chapiteau. Elles étaient récompensées par un billet gratuit et un repas avec les artistes qui leur laissait généralement un souvenir impérissable. Il était même arrivé qu'une telle expérience fasse naître en elles cet amour de la piste qui animait tous les forains.

— Veillez à ce qu'ils n'approchent pas des cages, ordonna Jo à ses assistants. Je ne veux pas qu'ils énervent les animaux avant le spectacle.

Puis elle se dirigea vers le chapiteau central. Buck lui emboîta le pas et ils prêtèrent main-forte à ceux qui s'activaient déjà pour dresser les mâts et accrocher les cordes qui soutiendraient la lourde toile aux rayures rouges et blanches.

L'air retentissait d'instructions parfois contradictoires, de grognements d'effort, de jurons, de plaisanteries et de rires. Alors qu'ils finissaient de dresser l'impressionnant mât central, Jo s'approcha de Maggie, l'aînée des six éléphants que possédait le cirque.

Obéissant à ses instructions, l'animal lui présenta sa trompe sur laquelle elle prit place et la hissa sur son dos. Juchée sur cet improbable promontoire,

Jo commença à attacher les différentes cordes qui soutiendraient la tente proprement dite.

Le soleil était à présent plus haut dans le ciel, illuminant la prairie de ses rayons dorés. Sa douce chaleur faisait ressortir l'odeur des fleurs des orangers qui poussaient dans le champ voisin. Elle se mêlait à celle de Maggie et de son harnachement de cuir.

S'agenouillant, Jo tapota le crâne du pachyderme qui leva sa trompe et fit résonner un barrissement assourdissant. Elle éclata de rire, sentant monter en elle une exaltation familière.

Après des mois d'inactivité forcée, elle était heureuse de retrouver cette vie qui lui avait tant manqué. Elle se sentait libre, jeune et intensément vivante.

S'immobilisant une minute, elle s'efforça de fixer à jamais cet instant dans sa mémoire, d'en capturer l'essence même pour pouvoir se le rappeler chaque fois qu'elle serait en proie au doute et à l'incertitude.

Et lorsqu'elle serait vieille et qu'elle aurait quitté à regret cet univers qu'elle aimait tant, il lui suffirait d'évoquer ce moment pour sentir monter en elle une douce nostalgie et le souvenir de sa jeunesse envolée.

Rassérénée par cette pensée, elle baissa les yeux vers les gens qui s'activaient en contrebas. Et, presque instantanément, elle surprit un regard posé sur elle. L'homme qui la fixait était grand et bien bâti. Il se tenait très droit et ne manquait pas d'une certaine prestance.

Ses cheveux d'un blond foncé étaient coupés court et la brise qui s'était levée les avait décoiffés. Son visage mince, ses joues soigneusement rasées, ses pommettes hautes et bien découpées et son menton volontaire dessinaient une physionomie très agréable.

Il n'était peut-être pas aussi beau garçon que Vito, décida Jo. Mais, alors que le funambule avait une apparence légèrement androgyne, il se dégageait de l'inconnu un charme viril. Son attitude trahissait un mélange d'assurance et de volonté.

L'expression de ses yeux brun clair était grave et sa bouche ne souriait pas tandis qu'il continuait à la fixer avec attention. Il y avait dans son regard quelque chose de direct et de franc qui plut à Jo. Il lui rappelait un peu Ari, son lion favori.

Tandis qu'elle l'observait de la sorte, il ne détourna pas la tête, ne rougit pas, ne lui décocha aucun sourire gêné. Frappée par cette nouvelle marque d'assurance, elle éclata de rire et, d'une pression des genoux, fit avancer Maggie en direction de l'inconnu.

— Vous voulez faire un tour ? lui demanda-t-elle.

Il leva un sourcil étonné et, à présent qu'elle était plus proche de lui, elle constata que la couleur de ses yeux était bien la même que celle des prunelles d'Ari.

— Maggie ne vous fera pas de mal, l'encouragea-t-elle. Elle est aussi douce qu'un agneau. Un gros agneau, bien sûr.

L'homme hocha la tête et s'avança vers elle. Elle ne put s'empêcher de remarquer sa démarche féline qui l'étonna un peu. Pour un citadin, force était de reconnaître qu'il savait bouger, songea-t-elle en décochant à Maggie une tape derrière l'oreille droite.

L'éléphante s'agenouilla lentement et Jo tendit la main à l'inconnu. Avec une agilité déconcertante, il se hissa derrière elle et se jucha en croupe.

— Debout, Maggie ! ordonna-t-elle.

Avec un soupir résigné, le pachyderme se releva lentement, secouant à peine ses passagers.

— Vous arrive-t-il souvent de prendre en selle des inconnus ? demanda l'homme.

Sa voix était grave et chaude et, en l'entendant, Jo ne put s'empêcher de se sentir légèrement troublée.

— C'est Maggie qui vous a pris en selle.

— C'est vrai. Et je dois dire qu'elle n'est pas très confortable…

Jo sourit.

— Imaginez un peu ce que vous ressentiriez en traversant la ville sur plusieurs kilomètres lors de la parade !

— Je crois que je préfère éviter ce genre d'expérience. Est-ce que vous êtes son cornac ?

— Non. Je m'occupe des chats. Vous savez que vous avez les mêmes yeux que l'un d'entre eux ? C'est pour cela que je vous ai laissé monter.

Cette fois, ce fut lui qui éclata de rire. Se retournant, Jo admira la beauté de son visage que cet accès de bonne humeur avait transfiguré.

— C'est fascinant ! s'exclama-t-il. Vous m'avez demandé de monter sur un éléphant parce que j'ai les yeux d'un chat. Il faut croire que c'est mon jour de chance puisque j'espérais justement attirer votre attention.

— Vraiment ? Et pourquoi cela ?

L'homme l'observa attentivement pendant quelques instants avant de secouer la tête.

— Vous ne le savez vraiment pas ?

— Je ne vous poserais pas la question dans le cas contraire, dit Jo en haussant les épaules. Et je ne perdrais pas mon temps à poser des questions si j'en connaissais déjà la réponse. Maintenant, accrochez-vous. Nous avons du travail…

Jo dirigea Maggie vers l'un des mâts latéraux. Il était relié à une chaîne que l'un des manœuvres attacha au collier de l'animal. Trois autres éléphants étaient postés autour de la tente. Lorsque tous furent prêts, leurs cornacs leur firent signe d'avancer. Les quatre poteaux se redressèrent alors lentement, soulevant la gigantesque toile du chapiteau fixée au mât principal.

Tel un gigantesque soufflet rouge et blanc, la tente se redressa au milieu de la prairie. Une fois que les mâts furent solidement plantés dans le sol, les éléphants furent détachés. Jo se tourna vers son compagnon qui avait observé la manœuvre en silence.

— C'est magnifique, n'est-ce pas ? lui dit-elle en désignant le chapiteau.

A cet instant, ils furent rejoints par Vito, qui héla Jo en italien. Celle-ci lui répondit dans la même langue et ordonna à Maggie de s'agenouiller de nouveau. Elle aida son passager à descendre avant de sauter à son tour au bas de sa monture. Lorsqu'ils se retrouvèrent face à face, elle fut surprise de découvrir qu'il était plus grand encore qu'elle ne l'avait pensé.

— Vous aviez l'air plus petit, vu d'en haut, remarqua-t-elle avec sa candeur habituelle.

— Et vous plus grande, vue d'en bas, répondit-il en souriant.

Jo tapota affectueusement le cou de Maggie, qui se redressa.

— Est-ce que vous viendrez voir le spectacle ? demanda-t-elle.

Sa question la surprit elle-même. Elle comprit qu'elle avait envie de mieux connaître ce mystérieux inconnu. C'était d'autant plus étonnant qu'elle s'intéressait généralement beaucoup moins aux hommes qu'à ses animaux. Et qu'à ses yeux les gens de la ville faisaient partie du paysage, rien de plus.

— Oui, répliqua-t-il. Je compte bien y assister.

Puis il la dévisagea avec attention, un long moment.

— Vous présenterez un numéro avec vos chats ? s'enquit-il enfin.

— Oui.

— C'est étrange. En vous voyant, je vous avais prise pour une trapéziste ou une acrobate.

— Ma mère était acrobate, expliqua Jo en souriant.

— Jo, ils vous attendent pour monter la petite tente, Maggie et toi, lança alors Vito en italien.

— J'arrive, répondit-elle dans la même langue. Je suis désolée, ajouta-t-elle alors à l'intention du bel inconnu. Je dois vous laisser. J'espère que le spectacle vous plaira.

Elle fit mine de se détourner, mais il la prit doucement par le bras. A ce contact, elle ne put réprimer un léger frisson qui la surprit. C'était la première fois qu'elle réagissait de cette façon face à un homme.

— J'aimerais vous revoir, ce soir, lui dit-il gravement.

Jo ouvrit de grands yeux, le contemplant avec une pointe d'étonnement.

— Pourquoi ?

Cette fois, il ne rit pas. Tendant la main vers son visage, il effleura ses longs cheveux noirs du bout des doigts.

— Parce que vous êtes très belle. Parce que vous m'intriguez, rétorqua-t-il sans la quitter des yeux.

L'étonnement de Jo se mua en stupeur. Jamais encore elle n'avait imaginé que quelqu'un puisse la trouver belle. Sexy, peut-être, lorsqu'elle était en tenue de scène dans la cage avec ses fauves. Mais certainement pas avec un jean et un pull-over défraîchis…

— Pourquoi pas ? murmura-t-elle enfin. Si les chats n'ont pas besoin de moi, en tout cas… Ari ne se sentait pas très bien, ces derniers temps.

— Je suis désolé de l'apprendre, assura l'homme avec un léger sourire.

Vito toussota d'un air insistant, la rappelant brusquement à la réalité.

— Je vois que vous avez fort à faire, reprit l'inconnu. Je m'en voudrais de vous retenir inutilement. Mais avant de partir, vous pourriez peut-être m'indiquer où je peux trouver Bill Duffy.

— Duffy ? répéta-t-elle, stupéfaite. Ne me dites pas que vous cherchez du travail !

— L'idée semble vous étonner. Pourquoi cela ?

— Eh bien… Vous n'avez pas vraiment le profil…

— Dans ce cas, je suppose que je ferais mieux

de garder mon emploi actuel. De toute façon, je vous rassure, ce n'est pas pour cela que je veux voir Duffy. Où puis-je le trouver ?

Il n'était pas dans la nature de Jo de poser des questions indiscrètes. Elle s'abstint donc de formuler celle qui lui brûlait les lèvres et chercha Duffy des yeux. Elle l'aperçut près de la tente qui servait de réfectoire.

— Il est là-bas, fit-elle en le désignant du doigt. C'est celui qui est habillé en M. Loyal.

Puis elle remonta sur la trompe que lui présentait Maggie et se jucha sur le dos de l'éléphant.

— Demandez-lui de ma part de vous donner un passe, ajouta-t-elle avant de s'éloigner.

Chapitre 2

Jo se tenait immobile derrière la porte de toile qui donnait sur la piste. Près d'elle se trouvait Jamie Carter, plus connu sous le surnom de Topo. Fils et petit-fils de clowns, il avait naturellement suivi les traces de son père et de son grand-père.

Jo le connaissait depuis toujours. Ils avaient à peu près le même âge et avaient grandi ensemble. Elle le considérait plus comme un frère que comme un simple ami.

Observant son visage outrageusement maquillé et son improbable perruque orange, elle constata qu'ils cachaient mal son expression anxieuse et défaite.

— Est-ce qu'elle t'a parlé de moi ? demanda-t-il pour la troisième fois en moins de cinq minutes.

Jo ne put retenir un soupir exaspéré. Ecartant légèrement le pan de toile, elle jeta un coup d'œil à l'intérieur du chapiteau. Quatre clowns se poursuivaient en monocycle, provoquant l'hilarité du public, tandis que Buck, Pete et Gerry installaient la grande cage de métal au centre de la piste.

— Non, répondit-elle avec une pointe d'agacement. Carmen n'a rien dit. Et je ne comprends vraiment pas pourquoi tu perds ton temps à soupirer après elle.

Jamie tiqua.

— Je ne te demande pas de comprendre, répliqua-t-il dignement. Après tout, tout le monde sait que le seul mâle qui t'ait jamais intéressée est Ari…

— Très drôle, rétorqua Jo.

Elle ne se sentait pas le moins du monde vexée par cette remarque. Après tout, c'était la stricte vérité. Ce qui l'ennuyait, par contre, c'était de voir Jamie se ridiculiser de la sorte. Il s'était épris de Carmen Gribalti, l'une des trois sœurs qui présentaient un impressionnant numéro de trapèze.

C'était une fille aussi belle, gracieuse et talentueuse qu'égoïste, capricieuse et souverainement indifférente à son soupirant. Et, si Jamie s'entêtait, il ne manquerait pas de se faire briser le cœur, une fois encore.

— Si ça se trouve, elle n'a même pas encore eu le temps de lire la lettre que tu as glissée sous la porte de sa caravane, remarqua Jo d'un ton plus conciliant. Après tout, c'est le premier jour de la tournée et elle a sans doute eu des dizaines de choses à faire…

— Peut-être, soupira Jamie. Franchement, je ne comprends pas ce qu'elle peut bien trouver à Vito.

Jo s'abstint prudemment de parler de la silhouette musculeuse et du beau visage du funambule.

— Tous les goûts sont dans la nature, répondit-elle en haussant les épaules.

Se penchant vers Jamie, elle déposa un léger baiser sur son nez rouge.

— Personnellement, je suis incapable de résister à un homme aux cheveux orange, ajouta-t-elle en riant.

— Voilà qui dénote des goûts très sûrs, affirma-t-il, quelque peu rasséréné par la plaisanterie de Jo.

Se détournant, Jo souleva de nouveau la toile. Il allait bientôt être temps pour Jamie d'entrer en scène. Aussi se dépêcha-t-elle de lui poser la question qui la tracassait :

— As-tu remarqué l'homme qui est venu voir le cirque, ce matin ?

— Il devait y en avoir au moins une quinzaine, objecta-t-il en haussant les épaules. Et j'avoue que je n'ai pas vraiment prêté attention à eux.

— Je pense que tu l'aurais remarqué. Il tranchait nettement sur les autres. Un mètre quatre-vingt-cinq environ, les cheveux blond foncé, une trentaine d'années…

— Ah, oui, je l'ai vu, répondit Jamie en s'approchant de la porte.

Un éclat de rire se fit entendre et il se prépara à entrer en scène.

— Il discutait avec Duffy, dans sa caravane.

Avant que Jo ait eu le temps de lui poser la moindre question, Jamie s'élança sur la piste en hurlant. Ses chaussures démesurées lui donnaient une démarche curieuse et il commença à poursuivre les autres clowns avec un seau rempli de confettis.

D'un air absent, Jo suivit des yeux le numéro de son ami. De quoi son mystérieux inconnu avait-il bien pu discuter avec Duffy ? Il avait pourtant déclaré qu'il ne cherchait pas un emploi. D'ailleurs, son apparence paraissait exclure une telle explication.

Il émanait de lui cette impression d'assurance et de stabilité qui laissait supposer qu'il n'était pas au chômage. Ses mains n'étaient pas celles d'un travailleur manuel. Son ton dénotait une parfaite éducation et l'autorité de quelqu'un habitué à commander.

Tout en réfléchissant à ce mystère, Jo sauta sur le dos de Babette, la belle jument blanche sur laquelle elle entrait toujours en scène. C'était elle qu'elle avait chevauchée au cours de la parade en ville. Et elle n'avait pu s'empêcher alors de chercher du regard le mystérieux inconnu dont elle avait fait la connaissance, le matin même. En vain.

Se trouvait-il ce soir dans le public ? Sans trop savoir pourquoi, elle espérait que tel était le cas.

L'orchestre se fit alors entendre, marquant la fin du numéro des clowns. Et Duffy s'avança sur la scène.

— Mesdames et messieurs, annonça-t-il d'une

voix vibrante, grands et petits enfants, j'ai l'honneur de vous présenter ce soir l'un des numéros les plus impressionnants de notre cirque ! Sans plus attendre, voici Jo Wilder, reine incontestée des fauves de la jungle !

A l'annonce de son nom, Jo talonna Babette, qui s'élança en avant. Elles avancèrent sur la piste sous une salve d'applaudissements enthousiastes. De fait, elle savait qu'elle offrait en cet instant une vision impressionnante.

Drapée dans une cape aussi noire que ses cheveux, qui flottaient librement derrière elle, surmontés d'une tiare brillante, montée à cru sur une jument au pelage immaculé, elle faisait claquer dans l'air les fouets qu'elle tenait dans chacune de ses mains.

Brusquement, elle sauta à terre, se rétablissant avec une déconcertante dextérité juste en face de la porte de la grande cage tandis que Babette poursuivait sa course en direction des coulisses où l'attendait son dresseur.

D'un geste, Jo décrocha la broche qui retenait sa cape et celle-ci glissa à ses pieds, révélant son corps mince et nerveux moulé dans une combinaison blanche rehaussée de dizaines de petits sequins qui accrochaient la lumière des projecteurs.

L'entrée en scène était essentielle, lui avait toujours répété Frank. C'était dans les tout premiers instants de son numéro qu'un artiste gagnait les faveurs du public. Tout était une question de mise en scène, une question de rêve.

Pénétrant dans la cage, Jo rejoignit les douze fauves qui avaient déjà pris place sur leurs piédestaux bleu et blanc. Contrairement au public, Jo savait que cet instant était l'un des plus importants et des plus dangereux de tout son numéro.

Car avant de se retrouver au centre de la piste, elle devait passer devant deux des lions. Si l'un d'eux était nerveux ou simplement d'humeur joueuse, elle risquait de recevoir un coup de patte mortel qu'elle n'aurait pas le temps d'éviter.

C'était la raison pour laquelle elle veillait toujours à placer près de la porte ses animaux les plus paisibles.

D'un pas assuré, elle alla prendre place au milieu de la cage et s'immobilisa au centre du cercle dessiné par les fauves. Là, elle fit claquer ses fouets. En réalité, ceux-ci n'étaient là qu'à titre de protection. Ce n'était pas à eux qu'obéissaient les animaux, mais à la voix de leur dompteuse.

Réagissant à ses ordres, ils entamèrent leur numéro et se dressèrent sur leurs pattes arrière. Elle leur fit ensuite effectuer diverses figures, adaptant le rythme de la représentation à l'humeur des lions.

C'était la clé de la réussite. S'ils se sentaient brusqués, ils risquaient de se rebeller contre son autorité. Si, au contraire, elle ne les pressait pas assez, ils perdaient leur concentration et devenaient incontrôlables.

Le numéro de Jo reposait en grande partie sur le contraste qui existait entre les fauves et elle. Elle préférait impressionner le public par la maîtrise qu'elle exerçait sur ces bêtes sauvages plutôt que par la soumission servile qu'imposaient certains dompteurs.

Ce qui comptait le plus, à ses yeux, c'était la beauté de leurs gestes, la grâce de leur démarche, la puissance de leurs sauts. Elle dirigeait avec une apparente facilité une sarabande incessante, donnant au public l'illusion d'une déconcertante facilité.

En réalité, elle était habitée par une tension de chaque instant. Son corps et son esprit étaient en alerte et elle ne quittait pas des yeux les fauves, prête à réagir à la moindre faute, au moindre signe d'agressivité.

Se positionnant entre deux piédestaux, elle laissa les lions sauter au-dessus de sa tête et se croiser juste au-dessus d'elle en un ballet chorégraphié à la perfection. A son commandement, ils rugissaient, ajoutant au caractère impressionnant de la scène.

Elle les fit ensuite bondir à travers un cercle enflammé et marcher sur des boules argentées. Puis elle s'allongea au milieu d'eux et chevaucha Merlin en un dernier tour d'honneur tandis qu'un tonnerre d'applaudissements résonnait sous le chapiteau.

— Excellent travail ! lui souffla Pete tandis qu'elle raccompagnait le lion jusqu'à sa cage.

Il l'aida à enfiler sa cape et, après un dernier salut, ils s'éclipsèrent en direction des coulisses. Là, il faisait nettement plus froid que sous les projecteurs et Jo ne put retenir un frisson.

— Merci, Pete, répondit-elle en ramenant sur elle les pans de sa cape. Dis à Gerry d'offrir une ration supplémentaire aux chats, ce soir. Ils l'ont bien mérité.

— Pas de problème, répondit son assistant en faisant mine de s'éloigner.

— Pete, le rappela-t-elle, tiens-le à l'œil, d'accord ? Gerry a parfois tendance à se montrer trop audacieux avec eux.

Il sourit et secoua la tête.

— Je me demande pour qui tu t'inquiètes le plus. Pour lui ou pour les chats ?

— Pour les deux, reconnut-elle en riant.

Pete sourit et se dirigea vers les cages tandis que Jo quittait la tente. Il lui restait environ une heure avant de revenir pour le tour de piste final et elle décida d'aller boire un café au réfectoire.

Elle était globalement assez satisfaite de son numéro. Le rythme avait été bon et pas un instant elle n'avait senti faiblir le contrôle qu'elle exerçait sur les fauves. D'ailleurs, les félicitations de Pete confortaient cette impression. Il n'avait pas l'habitude de mâcher ses mots lorsqu'elle commettait une erreur.

A vrai dire, cela ne se produisait pas très souvent. La plupart du temps, c'était lorsque Hamlet décidait de s'émanciper et de jouer les rebelles. Fort heureusement, ses facéties échappaient complètement au public qui imaginait toujours qu'elles faisaient partie intégrante de son numéro.

Seuls Pete et Buck comprenaient que quelque chose n'allait pas et ils se tenaient alors prêts à intervenir. Leur simple présence suffisait à la rassurer.

— Je suis très impressionné, fit une voix derrière elle.

S'immobilisant, Jo se retourna vers l'homme dont elle avait fait la connaissance le matin même. Malgré elle, elle sentit son cœur s'emballer légèrement. Elle se rendit compte alors qu'elle avait espéré durant toute la soirée qu'il se manifesterait.

C'était d'autant plus étrange qu'elle le connaissait à peine. Mais elle ne pouvait nier le plaisir que lui procurait le simple fait de se retrouver une fois de plus en face de lui. Tandis qu'il la rejoignait, elle lui décocha son plus charmant sourire. Elle remarqua alors qu'il fumait un cigarillo long et fin qui contrastait avec les cigares qu'affectionnait Duffy.

— Bonsoir. Est-ce que le spectacle vous a plu ?

L'homme s'immobilisa à quelques pas d'elle et la contempla si attentivement qu'elle se sentit rougir. Puis il sourit à son tour et hocha la tête.

— Vous savez, répondit-il, lorsque vous m'avez dit ce matin que vous dressiez des chats, je pensais plus à des siamois qu'à des lions africains !

— Des siamois ? répéta-t-elle, passablement sidérée. Vous n'êtes pas sérieux ?

— Au contraire, répliqua-t-il en tendant la main vers elle pour écarter une mèche de cheveux qui lui tombait dans les yeux. A vrai dire, je n'imaginais pas quelqu'un d'aussi frêle faisant face à une douzaine de lions.

— Je ne suis pas frêle, rétorqua Jo, embarrassée par le contact de ses doigts contre sa joue. D'ailleurs, face à des lions, la force physique ne fait pas une grande différence, vous savez ?

— Je suppose que non, acquiesça l'inconnu en la regardant droit dans les yeux.

Il parut hésiter avant de formuler la question qui lui tenait à cœur.

— Pourquoi le faites-vous ? demanda-t-il enfin.

— Eh bien… c'est mon métier.

Visiblement, cette réponse ne satisfaisait pas vraiment la curiosité de son bel inconnu.

— Je devrais peut-être vous demander comment vous êtes devenue dompteuse, insista-t-il.

— Je préfère dresseuse, corrigea-t-elle par réflexe.

Derrière eux retentit une salve d'applaudissements.

— Le numéro des Beirot ne va pas tarder à commencer, dit-elle alors. Vous devriez aller le voir. Ce sont des acrobates de premier ordre.

— Ma question vous embarrasse ? s'enquit l'inconnu d'une voix très douce.

Jo lui jeta un regard étonné, s'apercevant qu'il était réellement intéressé par sa réponse.

— Pas du tout. En fait, cela n'a vraiment rien d'un secret. Mon père était dresseur et c'est lui qui m'a appris ce métier. J'ai vite compris que j'avais hérité de son don et j'ai suivi ses traces.

Elle haussa les épaules.

— Mais vous ne devriez pas perdre votre temps à discuter avec moi. Vous allez manquer le reste du spectacle.

Au lieu de lui répondre, l'homme s'avança vers elle et lui prit les mains. Ils étaient si proches l'un de l'autre, à présent, que leurs corps se touchaient presque. Jo pouvait sentir la chaleur qui émanait de celui de l'inconnu. Son cœur battait la chamade, exactement comme lorsqu'elle s'approchait d'un lion pour la première fois.

Elle avait l'impression de se trouver sur le seuil d'une expérience nouvelle et, lorsqu'il lui effleura doucement la joue, elle frémit, impatiente de découvrir les sensations inédites que semblait lui promettre le regard de cet homme.

Elle ne chercha pas à s'écarter de lui, se contentant de l'observer avec attention. Il n'y avait aucune peur dans ses yeux. Juste de la curiosité.

— Est-ce que vous allez m'embrasser ? demanda-t-elle d'un ton qui trahissait plus d'intérêt que de désir.

L'homme sourit, apparemment amusé par cette distance involontaire.

— J'étais en train d'y penser. Avez-vous la moindre objection à formuler ?

Jo réfléchit quelques instants. Elle contempla la bouche de cet homme qu'elle trouvait très attirante et ne put s'empêcher de se demander ce qu'elle éprouverait si elle se posait sur la sienne. Finalement, elle le regarda de nouveau dans les yeux et secoua doucement la tête.

— Non, répondit-elle gravement. Je n'ai aucune objection.

D'un geste très doux, il leva les mains vers son visage et les posa sur ses joues avant de se pencher vers elle. Jo garda les yeux ouverts, bien décidée à ne rien perdre de cette expérience unique.

Elle sentit alors les lèvres de l'inconnu effleurer doucement les siennes. Ce n'était pas un vrai baiser. A peine l'ombre d'une caresse. Pourtant, à ce contact, elle eut l'impression que le sol se dérobait sous elle. L'intensité de cette sensation la prit de court et elle soupira doucement contre la bouche de l'inconnu.

Encouragé par cette réaction, il se fit un peu plus audacieux. Jo sentit les battements de son cœur s'accélérer brusquement tandis qu'une délicieuse chaleur se répandait en elle, se communiquant à chacun de ses membres.

Elle sentit la langue de l'inconnu effleurer délicatement ses lèvres et elle ferma enfin les yeux pour mieux s'abandonner à cette caresse délicieuse. Il ne la pressait pas, ne prenant que ce qu'elle était prête à lui donner sans jamais exiger plus, mais elle se sentait perdre pied peu à peu.

Jamais elle n'avait éprouvé quoi que ce soit de comparable à ce qu'elle était en train de vivre et elle s'émerveillait de cette découverte.

Enfin, il relâcha lentement cette étreinte, la laissant peu à peu recouvrer son état normal. Il conclut par un ultime baiser qu'il déposa sur ses lèvres comme pour sceller ce moment magique.

Pendant quelques instants, Jo demeura parfaitement immobile, s'efforçant de comprendre ce qui venait de lui arriver. Elle était un peu hors d'haleine et ses joues avaient pris une jolie teinte vermillon.

Pourtant, curieusement, elle n'éprouvait aucune honte pour ce qu'elle venait de faire. Au contraire, même, s'il n'avait tenu qu'à elle, ils auraient aussitôt renouvelé l'expérience.

— Vous êtes une femme stupéfiante, Jo Wilder,

murmura enfin son bel inconnu. Avec vous, la vie doit être une succession de surprises.

Jamais Jo ne s'était sentie aussi vivante. Son corps tout entier vibrait de mille sensations aussi nouvelles qu'exaltantes.

— Ce n'est pas juste, répondit-elle en souriant. Vous connaissez mon nom alors que j'ignore toujours le vôtre.

Il rit et lui prit la main, s'apprêtant à lui répondre. Mais, alors qu'il allait le faire, Duffy émergea de la tente principale. Jo remarqua qu'il paraissait inquiet, mais, lorsqu'il les aperçut, un sourire illumina son visage. A grands pas, il les rejoignit.

— Eh bien ! s'exclama-t-il d'un ton joyeux. Je ne savais pas que vous aviez déjà fait connaissance, tous les deux. Est-ce que Jo vous a fait faire le tour des lieux ?

Jo lui jeta un regard passablement étonné et il lui tapota l'épaule d'un geste affectueux.

— Je savais que je pouvais compter sur toi, Jo.

Et avant qu'elle n'ait eu le temps de poser la moindre question, il se tourna vers son compagnon.

— Cette fille est bourrée de talent, reprit Duffy avec enthousiasme. Et elle connaît le cirque comme la paume de sa main ! Elle y est née et y a grandi, vous savez ?

Jo savait que lorsque Duffy se lançait dans une telle apologie, il était tout à fait inutile d'espérer l'arrêter. C'était d'ailleurs ce qui faisait de lui un M. Loyal aussi talentueux.

— N'hésitez pas à l'interroger si vous avez la moindre question, poursuivit-il. Bien sûr, je reste également à votre pleine et entière disposition. Si vous voulez jeter un coup d'œil à nos contrats ou à nos livres de comptes, n'hésitez pas un instant à faire appel à moi.

Jo fronça les sourcils, sentant une soudaine inquiétude monter en elle. Pourquoi Duffy parlait-il de comptabilité à cet homme ? Craignant soudain de connaître la réponse à cette question, elle se tourna vers lui.

— Est-ce que vous travaillez pour les impôts ?

— Voyons, Jo, s'exclama Duffy en riant. Tu sais bien que M. Prescott est avocat.

Sur ce, il se détourna et se dirigea à grands pas vers le chapiteau pour présenter le numéro suivant.

— Maintenant, vous connaissez mon nom, reprit Keane Prescott en se tournant vers elle.

— Effectivement, répondit-elle d'une voix aussi glacée que le frisson qui venait de la parcourir. Voudriez-vous bien lâcher ma main, je vous prie, monsieur Prescott ?

Keane l'observa d'un air étonné, mais s'exécuta sans protester.

— Ne pensez-vous pas qu'après ce qui vient de se passer vous pouvez m'appeler par mon prénom ? demanda-t-il en souriant.

— Je vous assure, monsieur Prescott, que si j'avais su qui vous étiez réellement il ne se serait rien passé du tout.

Jo s'était exprimée d'une voix digne et fière, mais, au plus profond d'elle-même, elle se sentait trahie, humiliée et furieuse. Tout le plaisir qu'elle avait éprouvé dans les bras de Keane laissait place à une terrible amertume. Et elle avait honte d'avoir cédé si facilement au charme de cet homme qu'elle considérait comme un ennemi.

— Si vous voulez bien m'excuser, lui dit-elle d'une voix sèche, j'ai beaucoup à faire avant le tour d'honneur.

— Pourquoi ce brusque revirement ? Est-ce que vous avez quelque chose contre les avocats ?

— Je ne suis pas victime de ce genre de préjugés, monsieur Prescott.

— Je vois, acquiesça Keane d'un ton détaché. Dans ce cas, j'imagine que vous avez une aversion particulière à mon égard. Est-ce parce que vous aviez un différend avec mon père ?

Jo le fusilla du regard, sentant une rage glacée monter en elle.

— Certainement pas ! Frank Prescott était l'homme le plus gentil, le plus généreux et le plus extraordinaire que j'aie jamais connu. Je n'en dirais pas autant de vous, hélas, monsieur Prescott !

Elle prit une profonde inspiration, s'obligeant à

contenir la colère qui l'avait envahie. A force de volonté, elle parvint à maîtriser le ton de sa voix.

— Vous auriez dû me dire qui vous étiez réellement, lança-t-elle. Cela nous aurait évité un très fâcheux quiproquo.

— Un quiproquo ? répéta Keane avec une pointe d'amusement. C'est vraiment comme cela que vous qualifiez ce qui s'est passé entre nous ?

L'ironie dont il faisait preuve la rendit folle de rage. Elle qui n'avait pas pour habitude de perdre son sang-froid dut lutter de toutes ses forces contre l'envie soudaine qu'elle avait de le gifler.

— Vous n'avez aucun droit sur ce cirque, annonça-t-elle d'un ton froid. En vous le léguant, Frank Prescott a peut-être commis la seule erreur de toute son existence.

Sur ce, elle tourna les talons et s'éloigna à grands pas en direction de la ménagerie.

Chapitre 3

Ce matin-là, il faisait étonnamment chaud. Aucun arbre ne filtrait de son feuillage les rayons du soleil qui brillait de tous ses feux, faisant monter du sol une délicieuse odeur d'herbe fraîchement coupée. Elle se mêlait à celles du cirque : la toile de tente, le cuir, les remugles des animaux, la poudre, le café, la barbe à papa et le goudron.

Les caravanes scintillantes et multicolores entouraient le chapiteau central dans un ordre qui demeurerait immuable pendant toute la durée de la tournée. Le drapeau qui flottait au sommet de la tente réfectoire indiquait que le petit déjeuner venait d'être servi.

Rose se dirigea à grands pas vers la ménagerie. Ses longs cheveux noirs étaient attachés en un épais chignon sur sa nuque et elle ne cessait de parcourir le campement de ses beaux yeux bruns. La moue qui se dessinait sur ses lèvres prouvait de façon éloquente que quelque chose n'allait pas.

Lorsqu'elle aperçut Jo, qui se trouvait devant la cage d'Ari, elle lui adressa un petit signe de la main et s'avança vers elle au pas de course. Jo leva les yeux de l'animal, heureuse de cette diversion. Depuis qu'elle s'était réveillée à l'aube, elle ne cessait de ressasser de sombres pensées au sujet de ce qui s'était passé la veille au soir.

— Salut, Jo ! s'exclama Rose en s'immobilisant auprès d'elle. Salut, Ari, ajouta-t-elle à l'intention du fauve qui l'observait d'un œil attentif. Je cherche Jamie. Est-ce que tu l'as vu ?

— Je m'en doutais un peu, répondit Jo en souriant.

Comme tous les membres de la troupe, elle savait que Rose était éprise de son ami et comptait bien le convaincre de lui rendre ses sentiments. S'il avait eu un tant soit peu de cervelle, songea Jo, il aurait d'ailleurs cessé de s'intéresser à Carmen pour accepter l'amour de la jeune femme et le lui retourner au centuple. Cela l'aurait certainement rendu bien plus heureux qu'il ne l'était en ce moment.

Mais Jo savait que les affaires de cœur n'étaient jamais aussi simples et qu'en la matière il fallait souvent une éternité aux gens pour se rendre à l'évidence. Heureusement, la psychologie des lions était bien plus simple à comprendre.

— Je ne l'ai pas vu, ce matin, reprit-elle enfin. Peut-être est-il en train de répéter.

— Ou, plus probablement, de baver en regardant Carmen, rétorqua Rose en jetant un regard noir à la caravane des sœurs Gribalti. Il a vraiment l'art de se rendre ridicule !

— C'est pour ça qu'on le paie, observa Jo avec une pointe d'humour.

Malheureusement, Rose ne parut guère réceptive à la plaisanterie. Jo se sentit un peu désolée pour elle. C'était une fille bien et elle méritait vraiment l'affection de Jamie. D'autant que, contrairement à Carmen, elle avait le cœur sur la main.

— Ne désespère pas, l'encouragea-t-elle. Jamie est un peu lent à la détente, c'est vrai. Mais il finira par comprendre que Carmen ne l'aime pas et ne l'aimera jamais. Et son béguin pour elle passera aussi rapidement qu'il est apparu.

— Je ne sais pas pourquoi je m'entête ! s'exclama Rose, furieuse.

Mais sa colère ne dura pas très longtemps et elle ne tarda pas à sourire.

— Après tout, déclara-t-elle, il n'est pas si beau que cela !

— Non, concéda Jo. Mais il a un joli nez.

— Heureusement pour lui, le rouge est ma couleur, affirma Rose en riant. Mais en parlant de beau garçon, en voilà un qui n'est pas désagréable à regarder, ajouta-t-elle à voix basse. Qui est-ce ?

Jo suivit son regard et aperçut Keane Prescott, qui se dirigeait vers elle. Instantanément, sa belle humeur s'envola et elle ne put retenir un soupir d'agacement.

— C'est le propriétaire du cirque, expliqua-t-elle enfin.

— Le fils de Prescott ? s'exclama Rose, stupéfaite. Personne ne m'avait dit qu'il était aussi joli garçon ! Ou aussi grand…

Elle jeta un coup d'œil admiratif à Keane.

— Quelles épaules ! *Madre de Dios !* Jamie a vraiment de la chance que je sois monogame !

— Et toi, que ta mère ne t'entende pas, répliqua Jo.

Rose lui décocha un coup de coude.

— Il vient vers nous, constata Rose. Et c'est toi qu'il regarde, *amiga* ! Si Jamie me fixait de cette façon, tu peux être sûre que papa le traînerait fissa jusqu'à l'autel !

— Ne sois pas ridicule, protesta Jo, agacée par la remarque de son amie.

— Je ne suis pas ridicule, corrigea posément celle-ci. Je suis juste un peu trop romantique.

Le sourire de Rose était si désarmant que Jo ne put s'empêcher de le lui rendre. Lorsque Keane les rejoignit, elle s'efforça pourtant de le réprimer.

— Bonjour, Jo, s'écria-t-il d'un ton cordial comme s'ils ne s'étaient pas disputés la veille au soir.

— Bonjour, monsieur Prescott, répondit-elle sobrement.

Rose toussota bruyamment.

— Je vous présente Rose Sanches, déclara Jo.

— C'est un plaisir de faire votre connaissance, monsieur Prescott, s'exclama joyeusement son amie en tendant la main au nouveau venu. J'ai entendu dire que vous alliez voyager quelque temps avec nous.

Keane serra la main de la jeune femme en lui rendant son sourire.

— Ravi de vous rencontrer, Rose.

Celle-ci rougit et Jo jugea qu'il était grand temps d'intervenir avant que Keane ne se mette en tête de séduire la jeune Mexicaine.

— Rose, tu as à peine un quart d'heure pour aller te préparer.

— Bon sang ! grommela celle-ci en jetant un coup d'œil à sa montre. C'est vrai ! Je vais devoir vous laisser. Surtout, ne dis pas à Jamie que je le cherchais. Je ne tiens pas à ce que cet imbécile se fasse des idées… Et puis je trouverai bien un moyen de lui mettre la main dessus un peu plus tard.

Sur ce, elle éclata de rire et s'éloigna en courant vers la caravane de sa famille. Keane la suivit des yeux avant de se tourner vers Jo.

— Charmante, déclara-t-il.

— Elle a à peine dix-huit ans, répliqua Jo.

Un éclair de malice passa dans les yeux de son interlocuteur.

— Je sais, répondit-il. Et ne vous inquiétez pas : je me considère officiellement comme mis en garde. Mais dites-moi plutôt ce que fait Rose. Dresseuse d'alligators ?

— Non, rétorqua Jo en le regardant droit dans les yeux. Elle est charmeuse de serpents.

Keane la regarda avec stupeur avant de secouer la tête d'un air amusé.

— Remarquez, fit-il, j'aurais dû m'en douter.

Puis, d'un geste presque automatique, il écarta une mèche de cheveux qui lui tombait sur la joue, et Jo lui décocha un regard furieux qu'il affecta d'ignorer.

— Quel genre de serpents ?

— Des cobras. Et des boas constrictors, expliqua-t-elle. Maintenant, si vous voulez bien m'excuser…

— Justement, je ne veux pas, l'interrompit Keane d'un ton sympathique qui dissimulait mal l'habitude qu'il avait d'être obéi.

Jo se força à demeurer sur place, se rappelant qu'elle était l'une de ses employées et qu'il pouvait tout à fait décider de la renvoyer si la fantaisie lui en prenait.

— Monsieur Prescott, je suis vraiment très occupée, déclara-t-elle en ravalant la colère qui bouillonnait en elle. Je dois absolument me préparer pour le spectacle de cet après-midi.

— Allons ! Il vous reste encore plus d'une heure et demie avant d'entrer en scène. Et je comptais vraiment sur vous pour me consacrer une partie de ce temps. C'est vous que Duffy a désignée pour me faire visiter le cirque. Pourquoi ne commencerions-nous pas dès maintenant ?

Jo chercha désespérément une bonne raison d'échapper à cette corvée, mais ne parvint à en trouver aucune. Elle étudia Keane aussi attentivement qu'elle l'aurait fait avec un lion et décida qu'un tel adversaire ne serait pas facile à battre. Si elle voulait y parvenir, elle devrait faire preuve de beaucoup de subtilité et de méfiance et contrôler chacun de ses gestes et de ses mots.

— Par quoi voudriez-vous commencer ? demanda-t-elle enfin, se préparant au combat.

— Par vous, rétorqua Keane.

Jo fronça les sourcils.

— Que voulez-vous dire ?

Il la contempla longuement avant de répondre.

— Parlez-moi de votre numéro. Et de vos chats.

Il sortit un cigarillo et elle attendit qu'il l'ait allumé avant de commencer.

— J'ai treize lions en tout. Sept mâles et six femelles. Tous sont originaires d'Afrique et âgés de quatre ans et demi à vingt-deux ans.

— Il me semblait n'en avoir vu que douze hier, non ?

— C'est exact. Ari a pris sa retraite, déclara-t-elle en désignant le vieux lion qui sommeillait dans sa cage. Il continue à voyager avec moi parce qu'il a toujours vécu de cette façon, mais je ne le fais plus travailler. Ari n'a jamais connu autre chose que le cirque. Il y est né le même jour que moi, vous savez ? Et c'est mon père qui l'a dressé. Je n'ai jamais pu me résigner à le céder à un zoo. Ce serait un peu comme placer l'un de ses parents dans une maison de retraite et l'y abandonner. Savez-vous que son nom signifie « lion », en hébreu ?

Elle sourit, repensant à son père, qu'elle avait si peu connu.

— Mon père appelait tous ses chats « lion » dans une langue ou dans une autre : il avait un Léo, un Léonard, une Léonara… Ari, quant à lui, était un excellent sauteur, en son temps. Il pouvait même grimper, ce que certains chats ne savent pas faire. Je pouvais lui apprendre quasiment n'importe quoi. N'est-ce pas, mon vieux ?

Ari reconnut le ton qu'utilisait Jo pour s'adresser à lui et il ouvrit les yeux pour la regarder. Il émit un grognement qui tenait plus du grommellement que du rugissement et referma les paupières.

— Il est fatigué, expliqua tristement Jo. Vingt-deux ans, c'est vieux, pour un lion.

— Il y a autre chose, n'est-ce pas ? demanda Keane, percevant sa détresse.

Il posa doucement la main sur son épaule, l'empêchant de détourner ses yeux, qui trahissaient une profonde tristesse.

— Il est en train de mourir, dit-elle d'une voix mal assurée. Et je ne peux rien faire contre ça.

Plongeant ses mains dans ses poches, elle s'éloigna des cages et prit une profonde inspiration pour chasser les sombres pensées qui l'assaillaient. Lorsque Ari mourrait, elle perdrait bien plus qu'un animal. Elle perdrait un ami et le dernier des chats que lui avait légués son père.

Keane la rejoignit et elle reprit ses explications.

— Je fais travailler les douze autres. Ils sont nourris de viande crue six jours sur sept et d'un mélange de lait et d'œufs le septième. Tous sont habitués à la captivité. Celui-ci, ajouta-t-elle en désignant l'une des cages, c'est Merlin. C'est lui que je monte à la fin du spectacle. Il a dix ans et c'est le chat le plus doux et le plus calme avec lequel j'aie jamais travaillé. Celui-ci, c'est Heathcliff. Il a six ans et c'est le meilleur sauteur. Voici Faust, le plus jeune, âgé de quatre ans et demi.

Incapable de résister à la tentation, Jo fit un petit signe à Faust, qui poussa aussitôt un rugissement assourdissant. Malheureusement, Keane ne parut pas s'en inquiéter particulièrement.

— Très impressionnant, constata-t-il simplement. C'est lui que vous placez au centre lorsque vous vous allongez au milieu d'eux, n'est-ce pas ?

— En effet. Vous êtes très observateur, monsieur Prescott. Et vous avez des nerfs d'acier.

— C'est impératif lorsqu'on exerce le métier

d'avocat, répliqua-t-il en souriant. Vous n'imagineriez pas les techniques déployées par les procureurs afin de vous déstabiliser.

Jo hocha la tête et poursuivit les présentations.

— Voici Lazareth, il a douze ans. Bolingbroke, dix ans, le demi-frère de Merlin. Hamlet a cinq ans et je l'ai acheté pour remplacer Ari. Il a un grand potentiel, mais il est arrogant. Et patient. Je pense qu'il attend que je commette une erreur.

— Pourquoi ? demanda Keane en observant la façon dont l'animal soutenait le regard de sa dresseuse.

— Pour me balancer un bon coup de patte, déclara-t-elle en haussant les épaules. C'est sa première saison dans la grande cage et il n'a pas encore compris qui était le maître. Voici Pandora, six ans, une femelle pleine de distinction. Hester, sept ans, qui est dotée d'un tempérament en or. Et Portia, dont c'est aussi la première année. Pour le moment, elle se contente de chauffer les sièges…

— Que voulez-vous dire par là ?

— Qu'elle n'a pas encore appris les tours les plus difficiles, expliqua-t-elle. Elle se contente de suivre le groupe et d'effectuer quelques effets de manche. Dulcinea, à côté d'elle, est la plus belle. Ophelia a donné naissance à une portée, l'an dernier. Et, enfin, voici Abra, huit ans. Dotée d'un très mauvais caractère mais équilibriste hors normes.

En entendant son nom, la lionne se redressa dans sa cage et entreprit de se frotter le dos contre les barreaux. Un grondement sourd s'échappait de sa gorge. Jo observa Keane d'un œil étonné.

— On dirait qu'elle vous aime bien.

— Vraiment ? Comment le savez-vous ?

— Parce que lorsqu'un lion vous apprécie, il se conduit exactement comme le ferait un chat domestique et se frotte contre vous. Comme Abra ne peut pas le faire, elle se frotte contre sa cage.

— Je vois, acquiesça Keane. Malheureusement, j'avoue que j'ignore comment lui retourner le compliment.

Il tira une bouffée de son cigare avant de s'adresser de nouveau à Jo.

— Le choix des noms de vos animaux est très révélateur.

— Je lis beaucoup, dit-elle en haussant les épaules. Y a-t-il quoi que ce soit d'autre que vous aimeriez savoir au sujet des chats ?

Elle tenait à ce que leur conversation demeure sur un plan exclusivement professionnel et le sourire de Keane ne lui rappelait que trop clairement ce qui s'était passé entre eux la veille.

— Est-ce que vous les droguez avant le spectacle ? demanda Keane, curieux.

Jo le foudroya du regard.

— Certainement pas ! s'exclama-t-elle, furieuse.

— Est-ce une question si déraisonnable ? insista-t-il en écrasant son cigare.

— Pas pour un bleu, je suppose, soupira-t-elle, comprenant qu'il n'avait pas cherché à la provoquer. Droguer un animal ne serait pas seulement cruel, ce serait idiot. Les chats seraient incapables d'exécuter leur numéro.

— J'ai remarqué que vous n'utilisiez jamais votre fouet, dans la cage. Pourquoi cela ?

— Le bruit ne sert qu'à attirer l'attention des animaux. Et celle des spectateurs, bien sûr.

Keane hocha la tête et, avec un parfait naturel, il la prit par le bras. Aussitôt, elle se raidit, mais il n'y prêta pas attention.

— Marchons un peu, suggéra-t-il en l'éloignant des cages.

Jo aurait voulu dégager son bras, mais plusieurs personnes se trouvaient dans les environs et elle ne tenait pas à se disputer avec leur employeur en leur présence.

— Comment faites-vous pour les dompter ?

— Je ne les dompte pas, je les dresse.

Ils croisèrent alors une grande femme blonde qui tenait dans ses bras un caniche.

— Tu viens nourrir Merlin ? demanda Jo, moqueuse.

— Sûrement pas ! s'exclama son amie en français. Fifi est bien trop précieux pour finir dans l'assiette de tes monstres !

— De toute façon, répondit Jo dans la même langue, ils n'en voudraient pas. Il est bien trop maigre pour leur servir de repas !

La blonde éclata de rire et s'éloigna en direction du réfectoire.

— Fifi peut faire un double saut périlleux sur le dos d'un cheval lancé au galop, expliqua alors Jo à Keane. Il a été dressé, comme mes chats. Mais, contrairement à eux, il est parfaitement domestiqué. Les lions, même dressés, restent des animaux sauvages.

Elle se tourna vers lui et il admira la lueur fière et sauvage qui brillait dans ses magnifiques yeux verts.

— Certaines personnes prétendent que l'on peut les domestiquer, mais ce sont des imbéciles. Ou des inconscients. Je ne dis pas que c'est impossible. Mais, en agissant de cette façon, on vole aux lions une partie de leur âme. Sans se rendre compte qu'elle peut resurgir à tout instant. Je ne sais pas si vous avez déjà entendu parler de ces chiens qui se retournent contre leur maître. Ce n'est pas beau à voir. Lorsque c'est le cas d'un lion, la seule issue est la mort.

Elle passa une main dans ses longs cheveux noirs. Elle commençait à s'habituer au bras que Keane avait passé autour du sien et ne cherchait pas à se dégager. En réalité, elle était surprise de trouver en lui un auditeur aussi attentif et les mots lui venaient de plus en plus facilement.

— Un lion adulte mesure plus de quatre-vingt-dix centimètres au garrot et pèse plus de deux cent cinquante kilos. Un coup de patte lui suffirait pour briser le cou d'un homme. Sans parler des dégâts que peuvent causer ses griffes ou ses mâchoires !

— Pourtant, vous en affrontez douze chaque soir, uniquement armée d'un fouet.

— C'est vrai. Et le fouet n'est même pas une arme. Il ne servirait à rien si l'un des animaux décidait de se jeter sur moi. D'autant que les lions sont des ennemis tenaces. Les tigres sont plus vicieux, mais ils se contentent de frapper une fois. S'ils ratent leur cible, ils l'acceptent avec philosophie. Un lion chargera autant de fois qu'il le faudra.

Jo se rendit soudain compte qu'elle se sentait à présent tout à fait détendue. C'était étrange. D'autant plus étrange que, à dire vrai, elle commençait même à apprécier ces moments passés en compagnie de Keane. Peut-être l'avait-elle jugé un peu trop hâtivement... Après tout, Duffy avait raison : elle ne le connaissait pas et ne pouvait le condamner pour avoir abandonné son père sans avoir entendu sa version des faits.

— Vous savez comment Byron a défini l'attaque du tigre ? reprit-elle. « Mortelle, rapide et écrasante. » C'est exact. Mais les lions sont bien pires encore. Ils n'ont peur de rien et sont entêtés. Avec eux, pas de faux-semblants et de subterfuges comme avec les tigres, qui, en cela, ressemblent beaucoup aux chats. Si je devais parier sur l'issue d'un combat entre un tigre et un lion, je miserais sans hésiter sur ce dernier. Un homme, quant à lui, n'a strictement aucune chance.

— Alors comment faites-vous pour rester en un seul morceau ?

Le brouhaha qui régnait dans l'enceinte du campement avait reflué pour n'être plus qu'un léger bruit de fond et Jo constata avec étonnement qu'ils étaient à bonne distance. Keane libéra alors son bras et s'assit sur l'herbe. Elle hésita un instant à l'imiter, mais préféra finalement rester debout.

— Disons que je suis plus maligne qu'eux, répondit-elle. Ou, du moins, que je parviens à le leur faire croire. Je les domine par la force de l'esprit et non par celle du corps. Lorsque vous dressez un animal, vous développez une forme de respect mutuel et, si vous avez de la chance, une certaine affection réciproque. Bien sûr, il n'est pas question de leur faire entièrement confiance ou de baisser la garde, ne serait-ce qu'un seul instant. Et il ne faut jamais oublier la règle la plus élémentaire du poker. Le bluff.

Renonçant brusquement à maintenir entre eux une distance artificielle, Jo s'assit sur l'herbe et se tourna vers Keane.

— Est-ce que vous jouez au poker ?

— Cela m'arrive. Et vous ?

— Régulièrement. Mon assistant, Pete, organise souvent des parties. Malheureusement, il est quasiment imbattable.

Keane resta quelques instants silencieux, observant le campement qui s'étendait devant eux.

— Qui est la petite fille sur les échasses ? demanda-t-il enfin.

— C'est Katie, la fille cadette de Mac Stevenson. Elle veut pouvoir défiler avec nous, lors de la parade en ville. Et si elle continue à s'entraîner aussi dur, je ne doute pas qu'elle réussira à convaincre son père. Vous voyez le clown, à côté d'elle ? C'est Jamie.

— Le Jamie de Rose ? s'enquit Keane en regardant le jeune homme qui exécutait une série de cabrioles pour amuser Katie.

— Si elle parvient vraiment à lui mettre le grappin dessus. Pour le moment, il n'a d'yeux que pour Carmen Gribalti. Mais il n'a aucune chance. Carmen est amoureuse de Vito, le funambule. Quant à lui, il court après toute fille en âge de procréer…

Keane éclata de rire.

— Décidément, les choses peuvent se révéler très compliquées, même dans une si petite communauté.

Il tendit les mains vers elle et attrapa une mèche de ses cheveux qu'il caressa doucement.

— On dirait que les romances occupent une bonne partie de la vie d'un cirque.

— D'après ce que j'ai lu, elles occupent une bonne partie de la vie de n'importe qui, rétorqua Jo en haussant les épaules.

— Et vous ? Qui vous fait tourner la tête, Jo ?

Se tournant vers lui, elle s'aperçut qu'il était assis bien plus près d'elle qu'elle ne l'avait pensé. Son regard était si intense qu'elle ne put s'empêcher de rougir. Son cœur s'emballa et elle songea un instant qu'elle aurait sans doute mieux fait de s'écarter. Mais, pour quelque obscure raison, elle en était tout bonnement incapable.

Brusquement, elle se rappela le contact de ses lèvres sur les siennes et se demanda si elle éprouverait la même sensation en échangeant un nouveau baiser. Cette simple idée suffit à éveiller en elle une tentation presque incoercible.

— Jusqu'à présent, j'ai été trop occupée pour songer à ce genre de choses, se força-t-elle à répondre.

Il y avait dans sa voix une note rauque qu'elle ne lui connaissait pas. Pour la première fois de sa vie, elle se rendit compte qu'elle désirait vraiment un homme. Une partie d'elle aspirait désespérément à ce qu'il l'embrasse. Elle voulait sentir cette délicieuse chaleur se répandre en elle et se communiquer à chacun de ses membres. Elle avait besoin qu'il la prenne dans ses bras et la serre contre lui.

Jamais encore elle n'avait éprouvé une telle sensation et elle s'efforça de l'analyser, comprenant presque aussitôt qu'elle en serait incapable. C'était quelque chose de trop intime, de trop profond pour se prêter à un regard critique et distant.

Pendant qu'elle formulait ces pensées, Keane ne la quittait pas des yeux, observant avec fascination les émotions qui se succédaient dans son regard limpide.

— A quoi pensez-vous ?

— Je me demandais ce qui en vous me faisait réagir de façon aussi étrange, avoua-t-elle avec une franchise désarmante.

Il sourit et elle remarqua que ses yeux prenaient brusquement une teinte plus foncée.

— Vraiment ? fit-il, apparemment ravi de ce qu'elle venait de lui dire.

Il prit une fois de plus l'une des mèches de Jo entre ses doigts et la contempla pensivement.

— Vous savez que vos cheveux ont une étrange façon d'accrocher la lumière ? remarqua-t-il, visiblement fasciné par le phénomène. Je n'en avais encore jamais vu de si beaux. Je pourrais passer des heures à les contempler. Et ils ne forment qu'une infime partie de ce qui m'attire chez vous.

Mais dites-moi à quoi ressemble cette sensation dont vous parlez.

— Je ne sais pas vraiment, reconnut Jo, gênée.

Brusquement, elle décida que les choses étaient allées trop loin. L'idée de se retrouver entièrement à la merci de Keane avait quelque chose de terrifiant et elle ne pouvait se laisser aller au trouble qu'il lui inspirait. Elle se força donc à se relever et épousseta son jean.

— Est-ce que vous allez encore fuir ? demanda-t-il en l'imitant.

— Je n'ai jamais fui personne, répliqua-t-elle d'un air de défi. Et je ne vais pas commencer face à un citadin comme vous. Pourquoi ne rentrez-vous pas à Chicago pour mettre quelques personnes en prison ?

— Je suis avocat, lui rappela-t-il. Je m'efforce généralement de sortir les gens de prison, pas de les y envoyer.

— Dans ce cas, retournez libérer vos criminels et laissez-nous tranquilles !

Keane éclata de rire et secoua la tête.

— On dirait que vous êtes bien décidée à ne me laisser aucune chance, déclara-t-il. Comment pouvez-vous vous montrer aussi cruelle alors que je suis entièrement à votre merci ?

— Croyez-moi, c'est tout à fait involontaire, répondit-elle en reculant prudemment. Mais je pense que vous n'avez pas votre place ici.

— Au contraire, protesta-t-il en recouvrant brusquement son sérieux. Je vous rappelle que je suis le propriétaire légitime de ce cirque.

— Légitime ? répéta-t-elle d'un ton légèrement méprisant. Pourquoi ? Parce que vous possédez un morceau de papier qui l'atteste ? C'est bien un raisonnement d'avocat ! Ce que je ne comprends pas, par contre, c'est pourquoi vous êtes venu. Pour estimer la rentabilité de votre nouveau bien ? Pour préparer la liquidation de nos actifs ? A quel prix seriez-vous prêt à nous vendre ? A quel prix estimez-vous notre vie et nos rêves ? Oh, je suis certaine que vous ne voyez ici que quelques caravanes et quelques tentes. Vous ne comprenez pas ce qu'elles signifient réellement. Votre père le savait, lui. Il aimait ce cirque plus que tout !

— Croyez-moi, rétorqua Keane d'une voix glacée, je suis bien placé pour le savoir. Mais vous êtes-vous seulement demandé pourquoi il m'avait légué ce cirque ?

— J'avoue que je n'arrive pas à le comprendre, reconnut Jo en se détournant de lui.

— Eh bien, moi non plus. Mais j'ai bien l'intention de le découvrir.

— Pourquoi ? protesta Jo. Vous ne lui devez rien, après tout ! En trente ans, vous ne lui avez même pas rendu visite une seule fois !

— C'est exact. En tout cas, c'est une façon de

voir les choses. On pourrait également considérer qu'il n'a pas fait plus d'efforts pour venir me voir.

— Mais c'est votre mère qui l'a quitté et est partie avec vous pour Chicago ! ne put s'empêcher d'objecter Jo.

— Je ne tiens pas à parler d'elle avec vous, lança Keane d'un ton sans appel.

Jo se mordit la lèvre. Si elle insistait, elle risquait réellement de le mettre hors de lui. Et, au fond, en quoi l'intéressaient les états d'âme de Keane Prescott ?

Alors autant aborder le sujet qui lui tenait réellement à cœur.

— Qu'allez-vous faire du cirque ?

— Ça me regarde.

Jo marmonna quelques mots dans un langage qu'il ne pouvait pas comprendre, et il la fusilla du regard. Alors, elle ne put retenir les mots qui lui brûlaient les lèvres :

— Comment pouvez-vous dire une chose pareille ? Comment pouvez-vous vous montrer aussi arrogant ? Aussi insensible ? Est-ce que la vie de ces gens n'a vraiment aucune valeur pour vous ? ajouta-t-elle en désignant les caravanes qui se dressaient à quelques centaines de mètres d'eux. N'avez-vous donc aucune pitié ? Vous avez pourtant assez d'argent pour pouvoir renoncer à cet encombrant héritage. Etes-vous donc si vénal ?

Ce n'est pas un défaut que vous tenez de Frank, en tout cas !

— Ma patience a des limites, déclara Keane d'une voix glaciale. Et vous vous acharnez à les repousser.

— Si je le pouvais, c'est vous que je repousserais jusqu'à Chicago !

— Je me demandais quel tempérament pouvaient cacher ces beaux yeux verts, remarqua Keane avec un sourire teinté d'ironie. On dirait qu'il est bien plus ardent encore que je ne l'avais imaginé !

Jo fit mine de se rebeller, mais il la fit taire d'un geste.

— Laissez-moi finir. Avec ou sans votre approbation, je suis le propriétaire de ce cirque. Les choses seraient sans doute plus faciles pour nous deux si vous acceptiez une fois pour toutes cette idée. Légalement, je suis libre de faire ce que bon me semble de cet… héritage. Je n'ai ni l'obligation ni l'intention de justifier mes décisions devant vous.

Jo serrait les poings si fort qu'elle sentit ses ongles s'enfoncer dans sa chair.

— Je n'aurais jamais pensé que je pouvais détester autant quelqu'un que je connais si peu, articula-t-elle d'une voix tremblante de colère.

— Voyons, Jo, répliqua Keane en haussant les épaules. Vous savez comme moi que vous me haïssiez avant même que nous ne fassions connaissance.

— C'est vrai, acquiesça-t-elle durement. Mais en moins de vingt-quatre heures, vous êtes parvenu à dépasser mes attentes les plus pessimistes. Maintenant, excusez-moi, mais j'ai une représentation à donner.

Se détournant, Jo s'éloigna à grands pas en direction de sa caravane. Cette fois, Keane ne chercha pas à la retenir.

Trente minutes plus tard, Jo se tenait devant l'entrée des artistes du grand chapiteau. Elle vit Jamie en émerger, visiblement essoufflé par le numéro qu'il venait de présenter. Il prit quelques profondes inspirations avant de se tourner vers Jo, qui patientait près de sa jument blanche.

Immédiatement, il perçut la colère qui l'habitait. Il la connaissait depuis trop longtemps pour ignorer les signes extérieurs qui la trahissaient. Ses yeux étaient brillants de rage, son dos raide et ses dents serrées. Visiblement, quelqu'un était parvenu à la faire sortir de ses gonds.

Et il ne lui restait plus que dix minutes pour recouvrer son calme.

— Salut, fit-il en s'approchant d'elle pour lui tirer gentiment les cheveux.

— Salut, Jamie.

Sa voix était calme, mais il ne fut pas dupe.

— Salut, Jo, répéta-t-il, la singeant avec une étonnante précision.

— Laisse tomber ! protesta-t-elle, luttant de toutes ses forces contre la colère qui l'avait envahie.

Force était de reconnaître que ses efforts n'étaient guère concluants.

— Que s'est-il passé ? s'enquit Jamie.

— Rien, éluda-t-elle durement.

Mais son ami la connaissait trop pour se laisser rabrouer aussi facilement.

— Justement, déclara-t-il avec un sourire complice. Le rien est mon sujet de conversation favori !

Il posa doucement les mains sur ses épaules et la regarda droit dans les yeux.

— Parlons-en, insista-t-il.

— Il n'y a rien à dire.

— C'est justement ça qui est intéressant, répliqua-t-il en massant ses épaules.

Comme souvent, elle fut incapable de résister à la bonne humeur de son ami et se détendit un peu.

— Tu es bête, lui dit-elle avec un pâle sourire.

— Il est inutile d'essayer de me flatter, assura-t-il d'un ton léger.

— Je me suis disputée avec Prescott, expliqua-t-elle en soupirant.

— Quelle drôle d'idée ! Pourquoi le laisses-tu t'affecter à ce point ?

— C'est plus fort que moi. Il a le don de me

mettre hors de moi. Bon sang ! Il ne devrait même pas être là…

— Du calme, Jo. Tu sais mieux que moi que tu ne peux pas te permettre d'entrer dans cette cage si tu n'es pas parfaitement maîtresse de toi. Tu dois te concentrer exclusivement sur les chats. Sinon, ils ne feront qu'une bouchée de toi.

— Ne t'en fais pas, le rassura-t-elle sans grande conviction. Tout ira bien.

— Jo ! protesta-t-il avec un mélange fraternel d'affection et de réprobation. Regarde-moi !

A contrecœur, elle se força à lever les yeux vers ceux de Jamie. La tendresse empreinte de gravité qu'elle y lut eut brusquement raison de sa résistance et elle posa le front contre sa poitrine, le laissant la serrer affectueusement dans ses bras.

— Oh, Jamie, murmura-t-elle. Il me rend folle. Il a le pouvoir de tout gâcher, tu sais ?

— Nous nous en inquiéterons lorsque le moment sera venu, annonça-t-il en lui caressant ses longs cheveux noirs.

— Mais il ne nous comprend pas. Pour lui, tout ceci ne signifie rien.

— Dans ce cas, c'est à nous de lui faire comprendre.

Elle lui sourit.

— Te voilà bien sérieux pour un clown.

— N'oublie pas que les bouffons étaient les seules personnes qui pouvaient se permettre de dire la vérité aux rois eux-mêmes. Et je suis le roi de tous les bouffons !

Cette fois, elle éclata de rire.

— Là ! s'exclama-t-il, ravi. Ça va mieux ?

— Beaucoup mieux.

— Cela tombe bien, remarqua Jamie en s'emparant de son seau à confettis. C'est justement à moi d'entrer en scène !

Il disparut derrière le pan de toile, bientôt salué par un grand éclat de rire. Pensive, Jo caressa tendrement la crinière de Babette, qui attendait à son côté.

— Si seulement il n'était jamais venu ici, chuchota-t-elle à la jument. Si seulement je n'avais pas remarqué qu'il avait les mêmes yeux qu'Ari. Et que sa bouche était adorable chaque fois qu'il souriait. J'aimerais ne l'avoir jamais embrassé.

Elle s'interrompit, prenant conscience qu'il s'agissait du plus éhonté des mensonges. En réalité, elle était heureuse de l'avoir fait. Elle avait découvert une sensation plus délicieuse que toutes celles qu'elle avait éprouvées jusqu'à présent. Et, le matin même, elle aurait volontiers recommencé.

Ecartant ces pensées parasites, elle se força à faire le vide dans son esprit. Elle entendit alors Duffy annoncer son numéro et sauta sur le dos de Babette. Quelques instants plus tard, elle pénétrait au galop sur la piste aux étoiles.

Malheureusement, la représentation ne se

passa pas aussi bien qu'elle l'aurait voulu. Bien sûr, le public n'y vit que du feu et acclama avec enthousiasme sa performance. Mais elle savait que son numéro ne s'était pas déroulé de façon aussi fluide que d'ordinaire.

Les lions avaient senti ses préoccupations et certains n'avaient pas hésité à la mettre à l'épreuve. A plusieurs reprises, elle dut se mesurer à eux, imposant sa volonté à force de menaces, de claquements de langue et de fouet.

Et lorsqu'ils regagnèrent enfin leurs cages, elle se sentait littéralement vidée. En ramenant Merlin, elle croisa le regard réprobateur de Buck. Et, lorsqu'elle eut salué le public et quitté le chapiteau, il la rejoignit, laissant aux deux autres le soin de rapporter les cages à la ménagerie.

— Que s'est-il passé ? demanda-t-il sans préambule.

Percevant la colère qui perçait dans sa voix, Jo comprit qu'il n'avait pas été dupe des efforts qu'elle avait déployés pour masquer les imperfections de son numéro. Cela n'avait d'ailleurs rien d'étonnant. Après tout, il connaissait ces animaux au moins aussi bien qu'elle.

— Si tu pénètres encore dans la cage dans cet état de nerfs, les chats ne feront qu'une bouchée de toi, déclara-t-il durement.

— Je sais que mon timing n'était pas parfait, concéda-t-elle en s'efforçant de dissimuler le mélange de culpabilité et d'angoisse rétrospective qui l'habitait.

— Pas parfait ? s'exclama Buck. A qui crois-tu parler, Jo ? Je travaillais déjà avec ces chats avant que tu ne viennes au monde. Je sais qu'ils guettent le moindre signe de faiblesse. Lorsque tu pénètres dans la cage, tu ne dois penser à rien d'autre qu'à cela !

— Je sais, Buck. Tu as raison.

D'une main tremblante, elle ramena ses cheveux en arrière.

— Cela n'arrivera plus, je te le promets. Je crois que j'étais un peu fatiguée, c'est tout.

Elle lui décocha un sourire conciliant, mais il ne se laissa pas attendrir. Il tenait trop à elle pour la laisser jouer avec sa propre vie de cette façon.

— Très bien. Dans ce cas, va t'allonger et dors jusqu'au tour d'honneur. Retourne te coucher ensuite. Je ne veux plus te voir en dehors de ta caravane jusqu'au repas de ce soir. Compris ?

— Oui, Buck, acquiesça-t-elle, touchée par la tendresse bourrue dont son ami faisait preuve.

Elle était d'autant plus décidée à suivre son conseil que cette sieste lui permettrait d'éviter Keane Prescott pour le reste de la journée.

Chapitre 4

Durant les trois jours qui suivirent, il plut quasiment sans discontinuer. Le cirque remonta vers le nord sans parvenir à fuir le mauvais temps. Les prairies sur lesquelles ils s'installaient étaient couvertes de boue.

La toile gorgée d'eau du chapiteau devenait chaque fois un peu plus difficile à déplacer. Mais le personnel du cirque considérait ces désagréments avec philosophie et l'ambiance restait au beau fixe.

Ce soir-là, ils avaient installé leur campement non loin de la ville de Waycross, en Géorgie, et Duffy avait décidé de leur accorder un jour de repos. Vers 18 heures, le ciel chargé de lourds nuages était si sombre que la nuit paraissait être déjà tombée.

Jo décida d'aller souper de bonne heure. Elle irait ensuite s'assurer que les lions se portaient bien, puis se mettrait au lit avec un bon livre.

Forte de cette décision, elle enfila un imperméable et sortit sous la pluie battante. Zigzaguant entre les flaques, elle prit la direction de la tente réfectoire en chantonnant doucement. La perspective de cette soirée oisive la réjouissait. Cela faisait longtemps qu'elle n'avait pas eu l'occasion de jouir d'un peu de calme et de solitude.

Comme elle se faisait cette réflexion, elle accéléra le pas, courbant la tête pour s'abriter de la pluie. Brusquement, elle percuta quelqu'un qui traversait le camp en sens inverse. Surprise, elle manqua de perdre l'équilibre et sentit une main la retenir par l'épaule.

Avant même de lever les yeux, elle reconnut ce contact familier et étouffa un juron. Jusqu'alors, elle était parvenue à se tenir à prudente distance de Keane Prescott et à éviter ainsi une nouvelle confrontation.

— Je suis désolée, s'excusa-t-elle. J'aurais dû regarder où j'allais.

— Apparemment, le mauvais temps perturbe votre radar, Jo, dit Keane en souriant.

Il ne faisait pas mine de lâcher son épaule et, à travers son imperméable, elle avait l'impression de sentir sa paume brûlante marquer sa peau au fer rouge.

— Je ne suis pas sûre de comprendre ce que vous voulez dire, répondit-elle un peu sèchement.

— Je crois que vous comprenez très bien, au contraire, répliqua Keane. Vous avez fait en sorte de m'éviter, ces derniers temps. Mais, cette fois, il n'y a personne en vue pour faire diversion.

Jo serra les dents, furieuse d'avoir été percée à

jour. D'un autre côté, songea-t-elle, il aurait été étonnant que Keane ne s'aperçoive pas de son subterfuge. Après tout, ils vivaient tous deux au sein d'une communauté très fermée.

Elle constata alors qu'il ne s'était pas muni d'un parapluie et que le blouson qu'il portait n'avait pas de capuche. Ses cheveux étaient plaqués contre son crâne et avaient pris une couleur plus foncée qui évoquait celle du pelage de ses lions.

Comme souvent lorsqu'ils se retrouvaient en tête à tête, il arborait une expression légèrement moqueuse qui avait le don de la mettre hors d'elle.

— Je suis désolée de ne pas pouvoir poursuivre cette fascinante discussion, monsieur Prescott, déclara-t-elle froidement. Mais il pleut des cordes et je ne tiens pas à être trempée de la tête aux pieds.

D'une brusque secousse, elle essaya de dégager son épaule et fut surprise de constater la vanité de cet effort. Fronçant les sourcils, elle posa les mains sur la poitrine de Keane et tenta de le repousser. Et son étonnement ne fit que croître lorsqu'elle s'aperçut qu'il était bien plus fort qu'elle ne l'avait initialement supposé.

En fait, elle aurait tout aussi bien pu s'efforcer de repousser un bloc de granit. Et, le pire, c'est que cette situation paraissait l'amuser au plus haut point. Furieuse de se laisser ridiculiser de la sorte, elle lui lança un regard noir.

— Lâchez-moi ! s'exclama-t-elle.

— Je suis tenté… mais non, répondit-il d'un ton malicieux.

— Monsieur Prescott ! Je suis trempée, j'ai froid et j'aimerais aller manger. Alors, si vous avez quelque chose à me dire, faites-le vite et laissez-moi partir.

— Tout d'abord, j'aimerais beaucoup que vous cessiez de m'appeler « monsieur Prescott ». Ensuite, j'aimerais que vous me consacriez une heure de votre temps pour que nous passions en revue la liste du personnel de ce cirque.

— Ce sera tout ? demanda-t-elle d'un air de défi.

Pendant quelques instants, ils se mesurèrent du regard. Puis Keane sourit une fois de plus.

— Si vous insistez, il y a peut-être autre chose…

Jo comprit ce qu'il s'apprêtait à faire et chercha une fois de plus à se dégager. Mais Keane était rapide et ils étaient bien trop près l'un de l'autre pour qu'elle puisse espérer lui échapper. Et les protestations qu'elle s'apprêtait à formuler avec véhémence furent étouffées par les lèvres qui se posèrent sur les siennes.

Les mains de Keane glissèrent de ses épaules et ses bras se nouèrent autour de sa taille, l'attirant contre lui. En sentant son corps se presser contre le sien, Jo eut brusquement l'impression que quelque chose basculait en elle. C'était d'autant plus étonnant que sa vie au sein du cirque l'avait habituée à ce genre de contact physique. Elle avait travaillé avec des équilibristes, était montée en selle avec des écuyers, avait même appris les rudiments de la lutte.

Mais la façon dont elle réagissait au corps de Keane était d'un tout autre ordre. Elle sentait le sien répondre à cette étreinte, s'éveiller au désir incontrôlable qu'il faisait naître en elle.

Et leur baiser participait de cette sensation. Cette fois, il n'avait plus rien d'innocent. Keane avait entrepris de la conquérir, de faire céder les maigres défenses qu'elle lui opposait. Et il n'y parvenait que trop bien.

Incapable de résister à sa propre envie, elle se laissa aller à cette merveilleuse sensation. Oubliant la pluie et le vent glacé, elle se perdit entre ses bras. Une chaleur brûlante se répandait en elle, envahissant d'abord son ventre pour s'étendre à chacun de ses membres.

Un besoin aussi impérieux qu'impossible à identifier naquit en elle, possédant chacun de ses sens. Elle oublia sa rancœur envers Keane et toutes les raisons qui auraient dû l'empêcher de lui rendre ce baiser. Elle oublia la femme qu'elle était, qu'elle croyait être, pour découvrir une partie d'elle-même qui lui était encore inconnue.

Et lorsque Keane s'écarta enfin d'elle, une intolérable sensation de frustration succéda au plaisir qu'elle venait d'éprouver.

— Encore ? murmura-t-il d'une voix rauque

tandis que, d'une main, il lui caressait le dos, éveillant mille frissons délicieux le long de sa colonne vertébrale. Ce genre de baiser est un passe-temps dangereux, Jo, ajouta-t-il avant de mordiller doucement sa lèvre. Mais je suppose que vous aimez le danger, n'est-ce pas ?

Il l'embrassa de nouveau avec passion, ne lui laissant aucune chance de réprimer l'envie qu'elle avait de lui en cet instant.

— Serez-vous aussi courageuse que face à un lion ?

Incapable de répondre à ses provocations, Jo sentit son cœur s'emballer. Ses jambes étaient en coton et sa peau parcourue d'irrépressibles frissons. Elle ne connaissait que trop cette impression. C'était celle qu'elle ressentait lorsqu'elle commettait une erreur face à un fauve et se trouvait exposée.

Malgré elle, elle frémit, sachant combien cette peur la rendait vulnérable.

— Vous avez froid, dit Keane, se méprenant sur sa réaction. Ce qu'il vous faut, c'est un bon café brûlant. Venez dans ma caravane.

— Non ! s'exclama Jo, sentant grandir en elle la panique qui l'étreignait.

Elle savait que, s'ils se retrouvaient seuls, elle n'aurait pas la force de lui résister. Elle manquait trop cruellement d'expérience pour courir un tel risque. Si seulement il n'avait pas été le fils de Frank et le propriétaire du cirque ! songea-t-elle avec une pointe de désespoir. Si seulement elle avait pu s'abandonner en toute confiance à l'instinct qui la poussait vers lui !

Keane s'écarta d'elle sans pourtant lâcher son bras et il la contempla avec attention comme s'il cherchait à deviner les termes du débat intérieur qui faisait rage en elle.

— Ce qui vient d'arriver était d'ordre strictement personnel, déclara-t-il enfin. Entre un homme et une femme qui se trouvent être attirés l'un vers l'autre. Je crois qu'il est inutile de prétendre lutter contre ce que nous ressentons, Jo. Tôt ou tard, vous serez mienne.

L'assurance tranquille avec laquelle il venait de s'exprimer lui fit l'effet d'une gifle et elle se raidit sous l'effet de la colère.

— Je ne serai jamais à vous ni à personne d'autre ! s'exclama-t-elle, furieuse. Si je décide de faire l'amour avec quelqu'un, ce sera uniquement parce que j'en ai envie !

— Bien sûr, concéda Keane en haussant les épaules. Et je sais que tel est déjà le cas. Mais je ne chercherai pas à en profiter. Mieux vaut prendre le temps de nous connaître auparavant.

— Vous êtes arrogant et insultant ! s'écria Jo, hors d'elle.

— J'essaie juste d'être honnête. Mais, pour le moment, nous avons du travail. Et si les baisers sous la pluie me semblent charmants, je préfère traiter mes affaires au sec.

Jo fit mine de protester, mais il la fit taire d'un geste.

— Avant que vous ne souleviez de nouvelles objections, je tiens à vous rappeler que nos relations ne sont pas uniquement d'ordre personnel. Je suis toujours le propriétaire de ce cirque et vous, l'une de mes employées. Et c'est uniquement à ce titre que je vous prie de m'accompagner. Je vous promets que je ne m'autoriserai aucun geste déplacé à votre égard.

— Très bien, répliqua Jo sèchement. Mais si vous ne respectez pas votre parole, il faudra trouver quelqu'un d'autre avec qui travailler.

— Marché conclu.

Sans un mot, elle le suivit en direction de sa caravane. Il la fit entrer et alluma le plafonnier.

— Enlevez votre manteau, suggéra-t-il en se débarrassant de son propre blouson. Je m'occupe du café.

Jo hésita un instant avant de s'exécuter. Elle libéra ses longs cheveux noirs et accrocha son manteau à l'une des patères disponibles. Ça faisait plus de six mois qu'elle n'avait pas pénétré dans la caravane de Frank et elle la parcourut des yeux avec curiosité, cherchant les changements que son fils avait pu y apporter.

Elle reconnut aussitôt la vieille lampe en érable

à la lueur de laquelle Frank lisait ses ouvrages favoris. L'abat-jour aux couleurs défraîchies était bien le même, mais Keane avait trouvé le moyen de le redresser alors qu'il était de biais depuis des années.

Le coussin que Lillie, l'une des couturières du cirque, avait brodé pour Frank dissimulait toujours la brûlure de cigarette du canapé. Jo se demanda si Keane avait conscience de l'existence de ce trou.

La pipe de son père était posée à sa place habituelle sur le rebord de la fenêtre, paraissant attendre le retour de son propriétaire. Incapable de résister à la tentation, Jo s'en approcha et prit entre ses mains cet objet si familier qui lui donnait envie de fondre en larmes.

— Je suis sûre qu'elle te manque là où tu es, murmura-t-elle tristement.

Un bruit de pas derrière elle la fit se retourner brusquement et elle se retrouva nez à nez avec Keane. Un brusque et irrationnel accès de culpabilité l'étreignit et elle rougit malgré elle.

— Comment aimez-vous votre café, Jo ?

Il tenait deux tasses fumantes à la main.

— Noir, répondit-elle. Et sans sucre. Merci.

Il hocha la tête et lui tendit l'une des tasses.

— Asseyez-vous, proposa-t-il en allant prendre place à la table de Formica qui séparait le salon de la cuisine. Vous devriez enlever vos chaussures. Elles sont trempées.

Jo hocha la tête et s'assit sur le canapé pour ôter ses chaussures et ses chaussettes imbibées d'eau. Keane disparut quelques instants dans la chambre avant d'en ressortir avec une paire de chaussettes en laine qu'il lui tendit.

— Ce n'est pas la peine, protesta-t-elle, étonnée par cette marque d'attention.

Keane s'agenouilla devant elle et prit les pieds de Jo au creux de ses paumes.

— Ils sont glacés.

Jo le contempla avec stupéfaction tandis qu'il lui massait les orteils. Presque aussitôt, elle sentit une délicieuse chaleur remonter le long de ses mollets.

— Puisque je suis responsable de l'état dans lequel vous vous trouvez, la moindre des choses est que je veille à ce que vous ne soyez pas prise d'une crise d'éternuements en plein milieu de votre numéro de demain.

Tout en parlant, il lui avait enfilé la paire de chaussettes. Lorsqu'il eut fini, il secoua la tête d'un air légèrement incrédule.

— Vous avez vraiment de tout petits pieds.

Jo ne répondit pas, se contentant de fixer les cheveux de Keane. Elle brûlait d'y plonger les doigts pour s'assurer qu'ils étaient aussi doux qu'ils le paraissaient.

Comment pouvait-elle être à ce point attirée par cet homme ? se demanda-t-elle avec une pointe de désarroi. Se sentirait-elle aussi troublée chaque fois qu'ils se retrouveraient seuls ?

Ces questions éveillaient en elle un mélange d'exaltation et d'angoisse. Elle se trouvait sur le seuil d'un grand mystère qu'elle n'était pas encore certaine de pouvoir affronter.

— Vous allez mieux ? demanda Keane en se redressant.

— Beaucoup mieux, répondit-elle d'une voix légèrement étranglée par l'émotion. Merci.

Il lui sourit d'un air décontracté et elle lui en voulut de ne pas être aussi désarçonné qu'elle par l'attirance qu'ils exerçaient l'un sur l'autre. En réalité, il paraissait même ravi de cet état de fait. Evidemment, songea-t-elle, il avait beaucoup plus d'expérience qu'elle en matière de jeux de séduction.

— Cela ne veut pas dire que vous obtiendrez ce que vous voulez de moi, dit-elle alors.

Keane éclata de rire et hocha la tête.

— En effet. C'est d'ailleurs tout l'intérêt de la chose, si vous voulez mon avis. Je n'ai jamais été très intéressé par la facilité. Lorsque je décide de plaider une cause, c'est souvent parce qu'elle est incertaine. Je ne vois pas l'intérêt de défendre un client, s'il est condamné ou innocenté d'avance.

Elle avala une gorgée de café, profitant de ce moment de répit pour remettre de l'ordre dans ses pensées.

— Je ne savais pas que les affaires dont vous vouliez m'entretenir concernaient vos activités juridiques, remarqua-t-elle enfin. Si tel est le cas, j'ai bien peur de ne pouvoir vous être très utile. Je ne connais pas grand-chose à la loi.

— Que connaissez-vous, exactement, Jo ?

— Les chats, répliqua-t-elle. Et le cirque Prescott. Je serais heureuse de m'entretenir avec vous de l'un ou l'autre de ces sujets.

— Parlez-moi plutôt de vous, l'encouragea-t-il en sortant un cigarillo de la poche de sa chemise.

— Monsieur Prescott…

— Keane, je vous en prie.

Il alluma son cigarillo et exhala une bouffée qui s'éleva paresseusement jusqu'au plafond de la caravane.

— Je croyais que nous devions nous en tenir à une relation exclusivement professionnelle, objecta-t-elle.

— Justement, vous faites partie de l'équipe de ce cirque. Et j'ai l'intention d'en apprendre un peu plus sur tous ceux qui la composent. Autant commencer par vous, puisque vous êtes là. Je vous écoute.

— Cela ne prendra pas très longtemps, soupira Jo, renonçant à lui opposer un nouveau refus. Je suis née au sein du cirque et j'y ai grandi. Lorsque j'ai été assez grande, j'ai fait en sorte de me rendre utile.

— De quelle façon ? demanda Keane, curieux.

— Eh bien, j'ai effectué toutes sortes de tâches. J'aidais à monter le chapiteau, je faisais un peu de couture, j'ai appris quelques rudiments de menuiserie et d'électricité… Dans un cirque comme le nôtre, nous ne pouvons nous permettre d'être trop spécialisés. Ici, pas de caprices de star : chacun met la main à la pâte et ceux qui s'y refusent finissent par partir. Buck, l'un de mes assistants, a assuré le numéro de dressage après la mort de mon père. C'est aussi l'un des meilleurs toiliers du cirque. Pete est un excellent mécanicien. Jamie en sait autant sur les circuits électriques que la plupart de ceux qui les ont installés. Il est également acrobate à ses heures.

— Et vous ? l'interrompit Keane. Avez-vous d'autres talents à part l'équitation et le dressage d'éléphants et de lions ?

Jo fronça les sourcils en avisant le sourire qui jouait sur les lèvres de son interlocuteur.

— Vous vous moquez de moi, protesta-t-elle d'une voix accusatrice.

— Au contraire, Jo. Je suis stupéfait par l'étendue apparemment sans limites de vos talents.

Elle s'apprêtait à protester de nouveau mais, quand elle comprit qu'il le pensait vraiment, elle ne put s'empêcher de rougir.

— C'est le cas de la plupart des enfants de la balle, vous savez ? Nous touchons un peu à tous les métiers avant de choisir celui qui nous convient le mieux. C'est ainsi que j'ai appris à faire du trapèze avec ma mère. Il m'arrive encore de remplacer un artiste quand le besoin s'en fait sentir. Oh, je ne fais pas de trapèze volant, rassurez-vous. Cela demande un entraînement bien trop rigoureux. Mais un peu de trapèze fixe ou de la corde… Vous avez dû en voir quelques numéros : cette année, les costumes évoquent des papillons. Evidemment, Duffy préfère engager des filles dotées d'un physique plus avantageux.

— Voilà un homme bien difficile, observa Keane avec un sourire malicieux. Mais, dites-moi, vos parents étaient-ils européens ?

— Non, répondit Jo, surprise. Pourquoi cette question ?

— Parce que je vous ai entendue parler français et italien.

— Cela n'a rien de très étonnant : les artistes qui se produisent au sein du cirque viennent du monde entier et, à force de les fréquenter, on finit par apprendre quelques mots dans les langues les plus diverses.

— Vous êtes trop modeste. Il se trouve que je parle français et j'ai été très impressionné par votre accent.

— Vraiment ? fit Jo, flattée. C'est gentil. Frank disait souvent que le monde devrait prendre exemple sur le cirque. Ici, les Américains côtoient en toute amitié des Français, des Italiens, des Espagnols, des Allemands, des Russes et des Mexicains.

— L'ONU en caravane, en quelque sorte, plaisanta Keane. En tout cas, je suis impressionné par la liste de vos talents. La mécanique, l'électricité, la couture, le français et l'italien, sans parler de divers arts du cirque… Etes-vous allée à l'école ?

— Bien sûr, répondit Jo sur la défensive. Durant les vacances d'hiver, nous avions droit à des cours adaptés. Il y a aussi un professeur qui nous accompagne lors des tournées. Mais je considère que j'ai beaucoup plus appris en voyageant et en fréquentant des gens venus du monde entier que je ne l'aurais fait à l'université. Sans compter que je suis une vétérinaire sans doute plus qualifiée que la majorité de ceux qui ont suivi une école spécialisée. Et je parle sept langues…

— Sept langues ! l'interrompit Keane, stupéfait. Vous plaisantez ?

— Cinq couramment. J'ai encore quelques problèmes avec l'allemand, et le grec que je lis difficilement.

— Quelles autres langues parlez-vous ?

— L'espagnol et le russe, répondit Jo. Ce que je préfère, c'est le russe. Peu de gens le parlent et cela me permet d'insulter copieusement les chats lors du spectacle sans que personne se doute de rien.

Keane éclata de rire.

— Qu'y a-t-il de si drôle ? demanda-t-elle en fronçant les sourcils.

— Vous ! s'exclama-t-il en secouant la tête. N'en prenez pas ombrage, mais je trouve vraiment très amusant que vous fassiez si peu de cas d'un talent dont se prévaudrait avec fierté n'importe quel étudiant en linguistique !

Tendant la main vers elle, il effleura sa joue.

— Vous ne cessez de me surprendre, Jo. Dois-je comprendre que vous m'insultiez en russe, l'autre jour ?

— Sans doute.

— Votre franchise vous honore. Mais dites-moi plutôt quand vous avez commencé à travailler avec des lions.

— Devant un public ? A l'âge de seize ans. Frank ne voulait pas que je fasse mes débuts avant. Il était mon tuteur légal et le propriétaire du cirque et je ne pouvais donc que me plier à cette décision. En réalité, j'aurais très bien pu commencer dès quinze ans.

— Frank était votre tuteur ? s'étonna Keane. Quand avez-vous perdu vos parents ?

— Lorsque j'avais sept ans, répondit Jo. Ils sont morts dans un incendie.

— Au cirque ?

— Oui, confirma-t-elle avant d'avaler une gorgée de café pour chasser l'émotion qui lui étreignait la gorge.

— Vous n'aviez pas d'autre famille ?

— Vous ne comprenez pas. Le cirque était ma famille. Je n'ai jamais eu l'impression de me retrouver complètement seule. Et j'avais Frank…

— J'avoue que cela m'étonne un peu. Quel genre de père était-il pour vous ?

Jo fronça les sourcils, cherchant vainement à identifier l'émotion qu'elle percevait dans la voix de Keane. Etait-ce de l'amertume ? Du ressentiment ? Ou bien, tout simplement, une forme de curiosité ?

— Il n'a jamais cherché à prendre la place de mon père, expliqua-t-elle en le regardant droit dans les yeux. Ni lui ni moi ne le voulions. Nous étions juste des amis. Des amis très proches. Mais j'avais déjà un père et il avait déjà un fils. Nous ne cherchions pas de substituts, vous savez ?

Elle s'interrompit, étudiant l'expression indéchiffrable qui se lisait dans les yeux de Keane.

— C'est curieux, remarqua-t-elle brusquement. Vous ne lui ressemblez vraiment pas.

— Je sais.

— Il avait les cheveux très noirs. Ils commençaient tout juste à grisonner lorsqu'il…

Jo ne put finir sa phrase et soupira tristement avant de secouer la tête.

— Par contre, ajouta-t-elle avec un pâle sourire, vous avez la même voix que lui.

Keane resta silencieux et elle l'observa avec attention.

— J'aimerais vous poser une question, reprit-elle enfin.

— Allez-y.

Elle hésita un instant : il n'était pas dans sa nature de poser des questions intimes. D'ordinaire, elle se contentait de ce que les gens étaient prêts à lui révéler et ne cherchait pas à leur arracher ce qu'ils préféraient garder pour eux. Mais, cette fois, c'était son propre avenir et celui du cirque qui étaient en jeu.

— Pourquoi êtes-vous venu ? Je sais que je vous l'ai déjà demandé, mais c'était sous le coup de la colère. A présent, j'aimerais vraiment comprendre.

Keane écrasa son cigarillo dans le cendrier qui était posé près de lui.

— Disons que je voulais voir de mes propres yeux ce qui avait tant fasciné mon père durant toutes ces années, répondit-il enfin.

— Pourtant, vous n'êtes jamais venu lorsqu'il était en vie. Vous n'avez même pas daigné assister aux obsèques.

— Ne pensez-vous pas qu'il aurait été hypocrite de ma part de m'y rendre alors que je n'avais jamais cherché à revoir Frank ?

— Il était votre père, protesta-t-elle d'un ton réprobateur.

— Par le sang, peut-être. Mais les aléas de

la naissance ne suffisent pas à créer un lien de paternité. Frank Prescott était pour moi un parfait étranger.

— Je ne vous crois pas. Je sens de la rancœur dans votre voix. Pas de l'indifférence.

— Vous vous trompez, Jo. Je lui en ai voulu pendant des années, c'est vrai. Mais j'ai fini par comprendre que cela ne changeait rien du tout. Le seul qui en souffrait, au fond, c'était moi.

— Frank était quelqu'un de bien. Il ne vivait que pour offrir aux gens un peu de magie et de rêve. Peut-être n'était-il pas capable d'être un bon père. Certains hommes ne sont pas nés pour cela. Mais c'était un homme bon et généreux. Et il était très fier de vous.

— Fier de moi ? répéta Keane avec une pointe d'ironie. Mais il ne me connaissait même pas !

Jo le contempla tristement, commençant à comprendre à quel point Frank et Keane s'étaient mépris l'un sur l'autre.

— Vous vous trompez, murmura-t-elle doucement. Frank se faisait livrer tous les numéros du journal de Chicago dans ses bureaux de Floride. Il découpait tous les articles qui parlaient de vous, qu'il s'agisse d'un procès ou d'une soirée mondaine à laquelle vous aviez participé. Il me les lisait parfois et les gardait dans un album spécial qu'il parcourait de temps à autre.

Elle se leva et gagna le coffre de bois qui était

posé contre le mur du fond. Elle s'agenouilla et ouvrit le lourd couvercle rehaussé de cuir.

— C'est là qu'il conservait ce qui avait le plus de valeur à ses yeux, expliqua-t-elle. Il l'appelait sa « boîte à mémoire » et disait que les souvenirs sont une récompense accordée à ceux qui vieillissent. Tenez, le voilà !

Au milieu des divers objets qui avaient tant compté pour Frank se trouvait un épais livre de cuir vert. Elle s'en empara et traversa la pièce pour le tendre à Keane. Pendant quelques instants, il resta immobile, les yeux fixés sur les siens.

Son expression était indéchiffrable, mais il finit par lui prendre le livre des mains et l'ouvrit. Lentement, il tourna les pages sur lesquelles étaient collés de vieux articles défraîchis.

— Quel homme étrange ce devait être ! murmura-t-il avec dans la voix un mélange d'étonnement et de rancœur. Garder des coupures de presse concernant un fils qu'il n'avait jamais connu…

— Frank était un rêveur, reprit Jo, la gorge serrée par une indicible émotion. Sa montre avait toujours cinq minutes de retard. Chaque fois qu'il accrochait une affiche au mur, vous pouviez être certain qu'elle serait de travers. Et il ne s'en rendait même pas compte. Il pensait toujours au lendemain. Je crois que c'est pour cela qu'il gardait son propre passé enfermé dans une boîte.

Jo se pencha pour refermer le coffre. Mais,

alors qu'elle allait le faire, elle aperçut à l'intérieur quelque chose qui attira son attention.

D'une main tremblante, elle souleva une pauvre poupée de Celluloïd vêtue d'une robe rouge. Les traits de son visage étaient presque effacés par le temps et elle avait perdu un bras.

Cette fois, elle fut incapable de retenir les larmes qui lui montaient aux yeux.

— Qu'est-ce que c'est ? demanda Keane en se rapprochant d'elle.

— Rien, répondit-elle d'une voix tremblante.

Elle se releva, n'osant regarder Keane dans les yeux.

— Je dois y aller, articula-t-elle.

Elle hésita, ne pouvant se résoudre à replacer la poupée dans le coffre.

— Est-ce que je peux la garder, s'il vous plaît ? demanda-t-elle à Keane.

Ce dernier lui prit doucement le visage entre ses mains et la força à le regarder en face.

— Apparemment, elle vous appartenait.

— Il y a longtemps. Je ne savais pas qu'il l'avait gardée.

La voix de Jo se brisa et elle fut tentée de nicher son visage au creux de l'épaule de Keane pour pouvoir pleurer à son aise. Mais elle savait que cela risquait de les entraîner sur une pente dangereuse.

Cette soirée avait été riche en émotions et la

découverte de cette poupée ne l'aidait guère à conserver le recul et la distance dont elle avait le plus grand besoin. Si elle ne partait pas rapidement, elle finirait certainement la nuit dans les bras de Keane.

— Je dois y aller, répéta-t-elle.

Il hésita, visiblement prêt à protester. Mais il dut percevoir l'état de profonde vulnérabilité dans lequel elle se trouvait et finit par s'écarter.

— Je vais vous raccompagner jusqu'à votre caravane, suggéra-t-il.

— Non, merci, ce ne sera pas nécessaire, lança-t-elle un peu trop précipitamment.

Elle enfila ses chaussures sans prendre la peine de nouer les lacets et décocha un sourire embarrassé à Keane.

— Il est inutile que vous sortiez de nouveau sous la pluie, précisa-t-elle. Et, de toute façon, je vais devoir aller rendre visite à mes chats…

— Et vous ne voudriez surtout pas vous retrouver seule dans votre caravane avec moi au cas où je déciderais de changer d'avis au sujet de cette nuit que nous pourrions passer ensemble, compléta Keane avec un sourire malicieux.

Elle faillit protester, mais comprit qu'il ne serait pas dupe.

— C'est vrai, convint-elle enfin.

Keane secoua la tête d'un air amusé et s'approcha d'elle pour poser un petit baiser sur le bout de son nez.

— Ne vous en faites pas, je suis un homme de parole, lui assura-t-il.

Il alla chercher l'imperméable de Jo qu'il l'aida à enfiler. Lorsqu'il eut remonté la fermeture Eclair, ses doigts s'attardèrent quelques instants sur son cou et il sentit son pouls qui battait la chamade. Finalement, il rabattit la capuche sur ses longs cheveux noirs et lui sourit.

— Nous nous verrons demain, lui promit-il.

Jo hocha la tête et se détourna pour ouvrir la porte de la caravane. Dehors, la pluie paraissait avoir redoublé d'intensité. Pendant un instant, elle s'immobilisa sur le seuil avant de se tourner à demi vers Keane.

— Bonne nuit, lui dit-elle.

Puis elle disparut dans les ténèbres.

Chapitre 5

Au matin, les lourds nuages qui encombraient le ciel avaient disparu et le soleil brillait de mille feux, faisant naître au-dessus des multiples flaques d'eau de beaux arcs-en-ciel. Ce changement de temps aurait sans doute dû remonter le moral de Jo. Mais, curieusement, il n'en était rien.

En fait, elle se sentait si nerveuse qu'elle préféra sauter le traditionnel petit déjeuner pantagruélique que partageaient les membres de la petite communauté du cirque. Elle ne parvenait pas à chasser de sa mémoire le souvenir de la soirée qu'elle avait passée en compagnie de Keane Prescott.

Elle se rappelait avec une intensité presque insoutenable le baiser qu'ils avaient échangé sous la pluie. Elle repensait aux discussions qu'ils avaient eues au sujet de sa vie au cirque et des relations de Frank avec son fils.

Et elle s'apercevait que, contrairement à ce que Keane lui avait promis, leur conversation avait été bien plus qu'un simple échange entre professionnels. Les sujets qu'ils avaient abordés avaient tissé entre eux une certaine intimité, leur permettant de mieux se connaître.

Aujourd'hui, elle avait presque du mal à se rappeler que Keane était aussi le propriétaire du cirque Prescott, l'homme qui, sur un simple coup de tête, pouvait faire basculer sa vie et celle de tous les artistes qui y travaillaient.

Elle se souvint de la mission dont l'avait chargée Duffy et de ce que Jamie lui avait dit avant son numéro manqué. Elle devait enseigner à Keane le sens réel du cirque, la signification profonde qu'il revêtait aux yeux des artistes comme des spectateurs.

Si elle parvenait à lui faire comprendre ce qu'avait été l'œuvre de son père, ce qu'il avait réussi à bâtir, il se rendrait compte qu'il ne pouvait détruire le fruit d'une vie de labeur acharné.

Jusqu'à présent, hélas, il avait semblé s'intéresser beaucoup plus à elle qu'au cirque proprement dit. C'était d'ailleurs une chose qu'elle ne parvenait pas réellement à comprendre.

Que voyait-il de si intéressant en elle ?

Se plaçant devant le miroir en pied qui trônait dans sa caravane, elle se contempla pensivement, s'efforçant d'adopter un regard critique envers le reflet que lui renvoyait la glace.

La femme qui se tenait devant elle était de petite taille. Sa silhouette mince et nerveuse n'avait pas la sensualité des trapézistes que Duffy affectionnait. Objectivement, elle pouvait être fière de ses jambes, qui étaient longues et bien galbées.

Par contre, ses hanches évoquaient plus celles d'un garçon que celles d'une femme. Elles étaient étroites et ses fesses étaient fermes mais petites. Quant à sa poitrine, elle était menue, presque insignifiante.

Jo décida qu'elle était incontestablement moins jolie que nombre d'artistes au sein de la troupe. Les sœurs Gribalti, par exemple, étaient de véritables déesses en comparaison. En fait, elle ne voyait pas ce qui, en elle, pouvait bien attirer un prestigieux avocat de Chicago sans doute habitué à fréquenter les femmes les plus élégantes et les plus raffinées.

Si Keane s'était trouvé là, il aurait pu lui parler de l'honnêteté qui brillait dans ses beaux yeux verts délicieusement fendus en amande, de sa bouche à la sensualité aussi naturelle qu'innocente, de ses beaux cheveux noirs, qui, au soleil, prenaient parfois d'étranges reflets dorés, de l'impression de pureté qui se dégageait de chacun de ses gestes ou de la douceur soyeuse de sa peau.

Hélas, il n'était pas présent et ne pouvait dissiper le mystère de cette fascination qu'elle exerçait sur lui. Aussi finit-elle par se lasser de contempler son reflet.

Elle entreprit de coiffer sa longue chevelure tout en songeant aux dizaines de femmes qui devaient se presser autour de Keane à Chicago. Elles portaient certainement des robes splendides, des parfums hors de prix et des bijoux qu'elle-même ne pourrait jamais espérer s'offrir.

Et aucune ne devait porter un nom aussi vulgaire que Jo. Cette pensée éveilla en elle une jalousie dont l'intensité la surprit. Pourtant, elle ne pouvait s'empêcher d'imaginer les soirées qu'il passait en leur compagnie.

Ils discutaient sans doute de leurs amis communs, les Wallace ou les Jameson, en sirotant un verre de beaujolais chambré à la lumière des bougies de quelque prestigieux restaurant.

Ils rentraient ensuite au loft de Keane et il leur servait un cognac qu'ils buvaient en écoutant du Chopin sur le canapé placé devant la cheminée. Ensuite, ils faisaient l'amour dans un lit immense. Et ces femmes alliaient la passion à l'expérience pour rendre ce moment inoubliable.

Lorsqu'ils se séparaient au matin après un petit déjeuner raffiné, c'était en toute amitié, avec la satisfaction d'avoir passé une excellente soirée en charmante compagnie. Parler d'amour ou d'engagement aurait été aussi vulgaire que déplacé…

Levant les yeux vers son miroir, Jo constata avec stupeur que ses yeux étaient pleins de larmes. Elle ne savait même pas s'il s'agissait de tristesse ou de frustration. Une chose, en tout cas, était certaine : Keane l'obsédait comme aucun homme avant lui. Cela faisait des jours qu'elle n'était pas elle-même, qu'elle ne cessait de penser à lui et de lutter de toutes ses forces contre l'attirance qu'il exerçait sur elle.

Cela ne pouvait plus durer. Elle devait impérativement se ressaisir et reprendre sa vie en main au plus vite. Forte de cette décision, elle enfila ses chaussures et quitta sa caravane.

Une fois dehors, elle progressa précautionneusement à travers la prairie pour éviter les petites mares et les plaques de boue glissantes qui constellaient l'herbe détrempée. Comme elle approchait de la tente réfectoire, elle aperçut Rose, qui en sortait. Elle paraissait furieuse.

— Salut, Rose, fit Jo en s'écartant prestement pour se protéger des éclaboussures soulevées par les chaussures de son amie qui ne prenait même pas la peine d'éviter les flaques.

— Il est irrécupérable ! s'exclama Rose avec humeur.

Elle s'arrêta brusquement et brandit un index accusateur vers Jo, comme pour la prendre à témoin.

— Cette fois, j'en ai plus qu'assez ! Pourquoi continuerais-je à perdre mon temps avec lui ?

— Je reconnais que tu as déjà été très patiente, concéda Jo d'un ton plein de sympathie. Sans doute plus qu'il ne le mérite.

— Patiente ? s'écria Rose avec son emphase

habituelle. J'ai été une sainte, tu veux dire ! Mais même un saint doit se fixer certaines limites.

Rose rabattit rageusement une mèche de cheveux qui lui tombait sur les yeux.

— *Adios*, fit-elle. Je crois que maman m'appelle.

Jo la suivit quelques instants des yeux avant de reprendre sa progression prudente vers le grand chapiteau. Quelques instants plus tard, elle croisa Jamie. Il avait les mains plongées dans ses poches et la tête basse et ne la vit même pas. Brusquement, elle le vit s'arrêter et étendre les bras.

— Elle est folle ! déclara-t-il.

Il secoua la tête d'un air accablé, puis se remit en marche.

— Oui, marmonna-t-il. Elle est complètement folle…

Jo le suivit des yeux, puis gagna le chapiteau. A l'intérieur, plusieurs artistes répétaient leurs numéros. Elle avisa Vito, qui virevoltait sur son fil, tandis que Carmen le dévorait littéralement des yeux.

Evitant les chiens des clowns qui se poursuivaient en aboyant, Jo repéra les Beirot, qui s'échauffaient avant de mettre au point de nouvelles acrobaties. Brusquement, elle entendit un sifflement admiratif au-dessus de sa tête et leva les yeux vers Vito.

— Tu sais que tu as une très jolie paire de fesses, vue d'ici, s'exclama-t-il joyeusement. Presque aussi belles que les miennes !

— Voyons, Vito, répondit-elle en riant. Personne n'a des fesses comme les tiennes.

— Je sais, acquiesça-t-il d'un air fataliste.

Comme pour se consoler, il effectua négligemment une grande roue sur son fil.

— Mais j'ai appris à vivre avec, conclut-il en opérant un redressement impeccable. Quand est-ce que tu te résoudras à profiter de moi, miss ?

— Je te l'ai déjà dit plus de cent fois : quand tu auras appris à l'un de mes chats à marcher sur un fil.

Vito éclata de rire et esquissa un petit pas de danse avec autant de naturel que s'il s'était trouvé sur la terre ferme. Carmen décocha à Jo un regard assassin, et Jo comprit que son amie devait être vraiment mordue pour se formaliser de ce genre de plaisanterie. Après tout, tout le monde savait que Vito était un incorrigible séducteur.

— Tu sais, souffla-t-elle à la trapéziste, il tomberait de son fil si, un jour, j'acceptais sa proposition.

— Moi, je n'hésiterais pas s'il me faisait de telles avances, soupira Carmen.

Jo hocha la tête, se demandant une fois de plus pourquoi les histoires d'amour étaient invariablement aussi compliquées.

Elle rejoignit enfin les Beirot. Ces six frères étaient des acrobates accomplis originaires de

Belgique. Jo travaillait régulièrement avec eux pour se maintenir en forme et aiguiser ses réflexes.

Elle les aimait beaucoup et connaissait leurs femmes et leurs enfants. Elle était aussi l'une des seules à comprendre aussi bien le curieux mélange d'anglais et de français qu'ils utilisaient entre eux.

Ce fut Raoul qui l'aperçut le premier. Il était l'aîné des six frères et le plus fort d'entre eux. C'était lui qui se trouvait à la base de la pyramide humaine qui constituait leur marque de fabrique.

— Salut, Jo ! s'exclama-t-il joyeusement. Tu viens transpirer un peu ?

— Oui, répondit-elle avant d'effectuer un salto avant.

— Un peu approximatif, tout ça, commenta Raoul avec un sourire malicieux.

Jo lui tira la langue.

— J'ai juste besoin de m'échauffer, rétorqua-t-elle. Ensuite, c'est moi qui vous donnerai des leçons !

Pendant la demi-heure qui suivit, Jo travailla en leur compagnie, alternant les étirements, les exercices de musculation et d'assouplissement. Elle ne tarda pas à sentir son corps se détendre et son esprit se vider de toutes les sombres préoccupations qui l'accablaient depuis qu'elle s'était réveillée, ce matin-là.

De bien meilleure humeur, elle enchaîna quelques acrobaties de base en compagnie des Beirot, s'efforçant de suivre scrupuleusement les conseils de Raoul, qui dirigeait leur entraînement. Elle travailla ensuite son sens de l'équilibre, juchée au sommet d'une boule.

Lorsqu'ils attaquèrent les sauts périlleux, elle se tint à l'écart et les regarda faire. Tour à tour, ils s'élançaient en direction du trampoline et bondissaient gracieusement dans les airs, enchaînant les pirouettes les plus improbables sous les encouragements ou les lazzis des autres frères.

— A toi, Jo ! s'exclama Raoul au bout d'un moment.

— Sûrement pas, protesta-t-elle.

Un torrent de supplications en français se fit entendre et elle secoua la tête.

— Il faut que j'aille donner des vitamines à mes lions, déclara-t-elle.

— Allons, Jo ! C'est amusant, tu verras, l'encouragea Raoul. Ne me dis pas que tu n'as jamais rêvé de voler.

Elle jeta un coup d'œil à la planche et il comprit qu'elle était tentée.

— Prends ton élan, et fais-nous un joli saut périlleux. Je te promets que, quoi qu'il arrive, je te rattraperai.

Jo hésita en se mordillant pensivement la lèvre inférieure. Cela faisait longtemps qu'elle n'avait pas fait de trapèze et cette sensation lui manquait.

— Tu es sûr que tu ne vas pas me laisser m'écraser lamentablement ? demanda-t-elle.

— Je ne rate jamais personne ! N'est-ce pas, les gars ?

Ses frères détournèrent les yeux, s'absorbant brusquement dans la contemplation du plafond.

— Ne les écoute pas, s'écria Raoul. Ce sont de mauvaises langues.

Jo éclata de rire. Elle avait toute confiance en lui et savait qu'il ne la laisserait prendre aucun risque s'il n'était pas parfaitement sûr de lui.

— Je te préviens, lui dit-elle pourtant : si tu ne me rattrapes pas, je t'offre comme dîner à mes chats !

— Marché conclu, rétorqua-t-il en allant se positionner de l'autre côté de la planche. A toi de jouer, chérie !

Elle prit une profonde inspiration et s'élança en avant. Dès qu'elle eut décollé de la planche, elle ramena ses genoux sous son menton pour rouler sur elle-même dans les airs. C'était une sensation délicieusement grisante. Lorsqu'elle eut fait un tour complet, elle déplia ses jambes et se prépara à la réception.

Elle constata alors que Raoul s'était mis de dos, et atterrit sur ses larges épaules. Aussitôt, elle sentit ses mains se refermer sur ses chevilles. Se redressant, elle salua ses frères, qui l'applaudissaient et poussaient des sifflements admiratifs.

Raoul la prit alors par la taille et la fit gracieusement retomber sur ses pieds.

— Alors ? avança-t-il en souriant. Quand décides-tu de te joindre à nous ? Tu ferais bon effet au sommet de la pyramide !

— Je crois que je préfère m'en tenir aux chats, répliqua-t-elle en riant.

Après avoir embrassé les six frères, elle se dirigea vers la porte du grand chapiteau. Comme elle atteignait le niveau des gradins, elle eut la surprise de voir Keane, qui était accoudé à la rambarde.

— Incroyable ! s'exclama-t-il en l'enjambant pour la rejoindre. Mais je suppose que c'est cela, la magie du cirque. Y a-t-il quelque chose que vous ne sachiez pas faire ?

— Des centaines, répondit-elle en souriant. En fait, la seule pour laquelle je sois vraiment douée, c'est le dressage. Pour le reste, je ne suis qu'un amateur.

— Ce n'est pas ce que je dirais après vous avoir vue vous entraîner pendant une demi-heure.

— Vous étiez là tout le temps ?

— A vrai dire, je suis entré au moment où Vito commentait la vue plongeante qu'il avait sur votre postérieur.

— Ne faites pas attention à lui, ordonna Jo en riant. Il est fou…

— Fou, peut-être. Mais sa vue est excellente,

assura Keane en lui prenant le bras. Que diriez-vous d'un café ?

Jo se rappela aussitôt la soirée de la veille et secoua la tête. Elle n'avait aucune envie de succomber de nouveau à son charme.

— Je dois aller me changer, expliqua-t-elle. J'ai un spectacle à 14 heures et il faut que je fasse répéter les chats.

— Je suis fasciné par le temps que les artistes de cirque consacrent à leur art, dit Keane. Chaque fois que vous n'êtes pas en piste, vous passez votre temps à répéter !

— C'est sans doute parce que nous sommes des insatisfaits chroniques, répliqua-t-elle en riant. Nous poursuivons sans cesse une illusoire perfection et, quand nous croyons l'atteindre, nous ajoutons de nouvelles difficultés pour pimenter l'exercice. Nous cherchons toujours à aller plus loin, plus haut, plus vite.

Ils venaient de quitter le grand chapiteau et la lumière radieuse du soleil aveugla un instant Jo.

— Sans cela, reprit-elle, nous n'aurions pas de raisons de revenir chaque année.

Keane hocha la tête d'un air absent. Elle comprit que son esprit était occupé par autre chose.

— Je vais devoir partir, cet après-midi, lui dit-il enfin.

— Partir ? répéta Jo.

Elle se sentit brusquement submergée par un

poignant mélange de tristesse et de déception. L'intensité de la sensation la prit de court et il lui fallut quelques instants pour recouvrer ses esprits.

— Vous rentrez à Chicago ?

— Oui, répondit Keane en s'arrêtant pour se tourner vers elle.

— Et le cirque ? demanda-t-elle, honteuse que telle n'ait pas été sa toute première préoccupation.

Mais c'était plus fort qu'elle : elle n'avait aucune envie de voir partir Keane. Ce dernier se remit en marche et elle lui emboîta le pas.

— Eh bien, je ne vois pas de raisons de bouleverser le programme de cette année, répliqua-t-il enfin.

Elle ne put s'empêcher de frissonner en percevant la froideur et le détachement tout professionnels qui perçaient dans sa voix.

— Cette année ? répéta-t-elle d'un air interrogateur.

— Je n'ai pas encore décidé de ce que je comptais faire du cirque, lui expliqua-t-il. De toute façon, j'attendrai la fin de cet été pour me prononcer.

— Je vois, soupira-t-elle. Nous avons droit à un sursis, en quelque sorte.

— C'est une façon de voir les choses.

Jo resta quelques instants silencieuse avant de formuler la question qui lui brûlait les lèvres.

— Alors vous comptez rentrer définitivement à Chicago ? Vous ne voyagerez plus avec nous ?

Keane prit le temps de contourner une flaque boueuse avant de déclarer :

— Je ne peux pas prendre une décision qui soit vraiment fondée après avoir passé si peu de temps avec la troupe. Malheureusement, un dossier dont je m'occupe a connu une série de complications inattendues et je dois aller m'assurer que la situation ne va pas nous échapper. Je pense que je serai de retour dans une semaine ou deux.

En entendant ces mots, Jo sentit un profond soulagement l'envahir. Elle comprit alors avec stupeur combien elle avait eu peur de ne jamais revoir Keane. Bien sûr, c'était absurde. Depuis qu'il était apparu dans sa vie, il n'avait fait que la compliquer. Mais, sans trop savoir pourquoi, elle ne pouvait imaginer qu'il en disparaisse.

— Nous serons en Caroline du Sud, dans deux semaines, souligna-t-elle en s'efforçant d'adopter un ton détaché.

Ils avaient atteint sa caravane et elle posa la main sur la poignée de la porte avant de se tourner vers lui. Lorsque ses yeux plongèrent dans ceux de Keane, elle ne put réprimer un petit frisson.

Elle essaya alors de se convaincre qu'elle n'espérait son retour que pour lui faire comprendre combien le cirque était important et quelle monstrueuse erreur il aurait commise en le fermant. Mais elle savait que telle n'était pas la raison principale.

Keane lui sourit comme s'il percevait le combat qu'elle menait contre elle-même.

— Ne vous en faites pas, Duffy m'a donné le plan de votre tournée. Je vous retrouverai.

Il s'interrompit et tous deux restèrent immobiles.

— Est-ce que vous allez me proposer d'entrer ? demanda-t-il enfin.

— Je… Eh bien…, hésita Jo, embarrassée. Je vous l'ai dit, il faut que je me change et…

Sans tenir compte de ses protestations malhabiles, Keane fit un pas en avant, et, à la lueur qui brillait dans son regard, elle sut qu'il ne se laisserait pas décourager aussi facilement. Combien de fois avait-elle vu une lueur semblable briller dans les yeux de l'un de ses chats ?

— Je n'ai vraiment pas le temps, déclara-t-elle d'un ton plus assuré. Si je ne vous revois pas d'ici votre départ, je vous souhaite bon voyage.

Elle se détourna et ouvrit la porte de la caravane. Mais, lorsqu'elle y pénétra, Keane lui emboîta le pas sans lui laisser le temps de refermer le battant derrière elle. Cette manœuvre rendit Jo furieuse. Elle n'avait pas l'habitude de se laisser manipuler aussi facilement.

— Dites-moi, monsieur l'avocat, s'exclama-t-elle, avez-vous déjà entendu parler d'entrée par effraction ?

— Argument intéressant mais dénué de toute

validité juridique, repartit-il malicieusement. Votre porte n'a pas de verrou.

Il parcourut des yeux l'intérieur de la caravane et hocha la tête d'un air appréciateur. L'ameublement était simple mais de bon goût, les couleurs habilement choisies et l'ensemble était d'une propreté irréprochable.

Le plan du véhicule était quasiment le même que celui de la caravane de Frank, mais quelques touches féminines le rendaient plus accueillant. Il y avait de gros coussins sur le canapé, quelques fleurs sauvages fraîchement coupées et disposées dans un vase, et un tapis qui égayait le sol recouvert de linoléum beige clair.

Un coffre de bois servait de table basse et Keane s'empara du livre qui y était posé. Il s'agissait d'un exemplaire en français du *Comte de Monte-Cristo.* Jo le lui arracha des mains et le lança sur le canapé d'un geste qui trahissait la colère qui l'habitait en cet instant.

Sans se laisser démonter, Keane s'approcha des étagères surchargées de livres.

— Tolstoï, Cervantès, Voltaire, Steinbeck, lut-il sur les couvertures. Voilà une bibliothèque fort impressionnante. Je me demande comment vous trouvez le temps de lire autant, alors que vous passez votre vie à travailler !

— Je lis beaucoup la nuit, expliqua-t-elle avec agacement. Et je vous signale que votre statut de propriétaire de ce cirque ne vous autorise pas à faire irruption chez moi pour fouiller dans mes affaires et me demander des comptes sur la façon dont j'occupe mon temps !

— Du calme, l'interrompit Keane avec un geste pacifique. Je n'étais pas en train de vous demander des comptes. Je m'étonnais simplement du fait que quelqu'un d'aussi actif que vous ait assez d'énergie en fin de journée pour dévorer des ouvrages si sérieux. Je ne me permettrais certainement pas de porter un jugement sur le temps que vous consacrez à votre travail. Après tout, je ne connais rien à l'art du dressage et à ses exigences.

Il se rapprocha de Jo et elle se raidit, craignant qu'il ne la prenne dans ses bras. Mais il n'en fit rien.

— De plus, reprit-il, je suis désolé d'avoir fouillé dans vos affaires, comme vous dites. En réalité, j'avais une raison très personnelle de m'intéresser à votre bibliothèque. Je suis moi-même un lecteur avide et il se trouve que nous avons un certain nombre de livres en commun. Quant à ce qui est de faire irruption chez vous, je ne peux que plaider coupable. Et si vous tenez à me poursuivre en justice, je peux vous indiquer plusieurs avocats très compétents pour défendre votre cause.

Malgré elle, Jo ne put s'empêcher de sourire à cette dernière remarque.

— J'y penserai, répondit-elle.

Elle détourna les yeux, soudain embarrassée de s'être montrée si peu accueillante. Une telle attitude ne correspondait guère aux valeurs des gens du cirque.

— Je suis désolée.

— Pourquoi ? demanda-t-il d'un ton étonné.

— Pour m'être conduite de façon aussi désagréable. J'ai cru que vous cherchiez à me critiquer… J'imagine que je me suis montrée un peu trop susceptible.

— Très bien. J'accepterai vos excuses si vous répondez à une question.

— Laquelle ? s'enquit Jo, surprise.

— Est-ce que le Tolstoï est écrit en russe ?

Cette fois, elle ne put qu'éclater de rire. Elle ne s'était certainement pas attendue à cela.

— Oui, reconnut-elle.

Keane admira les délicieuses fossettes que son sourire creusait aux coins de sa bouche.

— Vous savez que vous êtes encore plus jolie quand vous souriez ? remarqua-t-il d'un ton pensif. Je suis désolé que cela ne vous arrive pas plus souvent lorsque nous sommes ensemble.

Jo le contempla d'un air incertain. Elle n'était pas habituée à recevoir de tels compliments et ignorait la façon dont elle était censée y réagir. L'une des femmes qu'elle avait imaginées le matin même aurait certainement trouvé une repartie spirituelle à sa remarque. Ou bien elle se serait contentée de décocher à Keane un sourire enjôleur ou une œillade enflammée.

Mais Jo en était incapable et cette inaptitude la mettait terriblement mal à l'aise.

— Je suis désolée, réprit-elle enfin. Je ne suis pas très douée pour le flirt.

Keane la regarda avec un mélange d'étonnement et de reproche.

— Ce n'est pas ce que j'essayais de faire, protesta-t-il. Je me contentais de faire une simple observation. Ne vous a-t-on jamais dit combien vous étiez belle ?

Jo se sentit rougir malgré elle. Pour la première fois de sa vie, elle avait l'impression de se trouver confinée dans cette caravane.

— Pas de cette façon, avoua-t-elle d'une voix mal assurée.

Il fit mine de s'approcher et elle posa sa main sur sa poitrine pour l'en empêcher, frappée une fois encore par la force qu'elle sentait en lui. Elle se savait prise au piège, mais refusa de s'avouer vaincue.

Très doucement, Keane s'empara de ses poignets et porta à ses lèvres les mains de Jo, qui laissa échapper un soupir involontaire.

— Vos mains sont magnifiques, murmura-t-il en effleurant du bout des lèvres la petite veine bleutée qui battait la chamade à son poignet. Fines, longues et racées. Pourtant, ce sont les mains de quelqu'un qui travaille dur, ce qui les rend plus intéressantes encore.

Il leva les yeux vers ceux de Jo.

— Tout comme vous, ajouta-t-il.

— Je ne sais vraiment pas ce que je suis censée dire quand vous me faites ce genre de déclaration, articula-t-elle d'une voix tremblante.

Elle sentait une délicieuse chaleur se répandre en elle tandis que son corps tout entier réagissait au désir que Keane faisait monter en elle.

— Je préférerais que vous vous en absteniez, observa-t-elle.

— Vraiment ? fit-il en caressant doucement sa joue. C'est dommage, parce que plus je vous regarde et plus j'ai de choses à vous dire. Vous êtes ensorcelante.

— Il faut que je me change, plaida-t-elle. Vous devriez partir.

— Voilà qui est regrettable, soupira-t-il en prenant le menton de Jo entre ses mains. M'accorderez-vous au moins un baiser d'adieu ?

— Je ne pense vraiment pas que ce soit nécessaire, objecta-t-elle sans grande conviction.

— Au contraire, c'est impératif, répondit-il avant d'effleurer ses lèvres d'un baiser. Embrassez-moi, Jo.

Durant quelques instants, elle parvint à résister à la tentation. Mais le souffle brûlant de Keane contre son visage et le contact de ses doigts sur sa peau eurent raison de ses hésitations et, finalement, elle lui entoura le cou de ses bras et se pressa contre lui, l'embrassant avec une passion trop longtemps contenue.

Elle s'offrit à lui sans retenue, se noyant avec délice dans cette étreinte qui éveillait en elle des sensations d'une intensité extraordinaire. Brusquement, le monde entier paraissait avoir disparu, ne laissant que ce désir impérieux qu'elle avait de lui et qui la consumait tout entière.

Cet abandon inattendu ne fit qu'alimenter l'audace de Keane et leur baiser se fit plus urgent, presque vorace. Il ne pouvait se rassasier d'elle. Ses mains plongèrent dans ses cheveux plus doux que la soie avant de descendre le long de son dos, lui arrachant des frissons de pur bien-être.

Elle gémit contre sa bouche, incapable de lutter contre le plaisir qu'il faisait monter en elle. Sous ses caresses, elle frémissait, vaincue, mais plus heureuse qu'elle ne l'avait jamais été.

Lorsque ses doigts effleurèrent sa poitrine, elle se raidit brusquement et il abandonna sa bouche pour poser un baiser au creux de son cou.

— Pas de panique, murmura-t-il.

Ses mains se mirent à bouger très doucement et elle se détendit, sentant ses mamelons se dresser contre le tissu de son soutien-gorge. Ils étaient si durs à présent qu'ils en devenaient presque douloureux, mais cette sensation, loin d'être déplaisante, avait quelque chose de vertigineux.

Lorsque Keane l'embrassa de nouveau, elle fit montre d'une ardeur plus grande encore. Jamais personne ne l'avait touchée de cette façon, jamais elle n'avait éprouvé une telle exaltation. C'était comme si tout son être s'était enflammé, comme si elle brûlait de l'intérieur.

Mais, loin de la terrifier, cette impression faisait naître en elle une excitation immense. Elle percevait enfin le sens de tous les textes qu'elle avait lus sans réellement les comprendre, de toutes ces descriptions qui émaillaient les livres traitant des passions amoureuses.

C'était cela qui poussait les hommes à défier le destin, à réaliser l'impossible, à partir en guerre pour des femmes qu'ils n'avaient vues qu'une seule fois.

Et elle savait qu'elle ne se trouvait encore que sur le seuil d'une révélation plus grande encore, d'un emportement plus radical des sens. Et son corps tout entier aspirait à plus. Elle était enfin prête à s'offrir pleinement, à consommer cette communion parfaite dont, jusqu'alors, elle n'avait fait que rêver.

Mais Keane finit par s'arracher à leur étreinte et elle sentit une intolérable sensation de frustration l'envahir, chassant brutalement le plaisir qu'elle venait de ressentir. Elle tituba légèrement et se raccrocha au mur le plus proche, luttant contre la sensation de vide atroce qui grandissait en elle.

Keane observa ses yeux verts, que le désir rendait troubles, et ses joues enflammées par la passion. Malgré cela, elle conservait une innocence presque poignante et il comprit qu'il avait pris la bonne décision.

— J'ai du mal à croire que je suis le premier homme à te toucher, murmura-t-il d'une voix rauque. Et c'est une sensation terriblement excitante. Mais lorsque nous ferons l'amour pour la première fois, je veux que nous puissions prendre tout notre temps. Et ce n'est pas le cas, aujourd'hui. J'attendrai donc.

Jo se raidit, furieuse d'avoir perdu tout contrôle, alors que Keane conservait une telle maîtrise de lui-même.

— Le fait que je t'ai laissé m'embrasser et me toucher ne signifie pas que je te laisserai faire l'amour avec moi, répondit-elle dans un sursaut d'orgueil.

Elle se redressa, sentant un semblant de confiance lui revenir.

— Si cela arrive, ce sera uniquement parce que j'en ai envie et pas parce que tu m'y as poussée.

Un léger sourire flotta sur les lèvres de Keane.

— Très bien, concéda-t-il. Je ferai juste en sorte que tu aies envie de moi, dans ce cas.

Il prit son menton au creux de sa main et déposa un petit baiser sur ses lèvres tremblantes.

— Tu es vraiment la femme la plus fascinante qu'il m'ait jamais été donné de rencontrer, tu sais conclut-il d'un ton pensif.

Sur ce, il se détourna et gagna la porte de la caravane. Parvenu sur le seuil, il se retourna à demi vers elle, une lueur malicieuse dans les yeux.

— Je reviendrai, promit-il.

Puis il sortit, la laissant seule. Jo resta longuement immobile, fixant la porte qui s'était doucement refermée sur lui.

Finalement, elle passa délicatement la main sur sa bouche légèrement tuméfiée comme pour s'assurer que tout cela n'avait pas été un simple rêve. Lorsqu'elle en fut vraiment certaine, elle comprit avec une pointe d'angoisse combien Keane allait lui manquer.

Chapitre 6

Aux yeux de Jo, les semaines qui suivirent le départ de Keane parurent aussi interminables que des années. Au bout de quinze jours, elle se surprit chaque matin à chercher des yeux sa caravane. Et, chaque fois, elle sentait une déception cruelle l'envahir en constatant qu'il n'était toujours pas de retour.

Les jours se succédaient et elle se sentait en proie à un mélange toujours plus explosif de colère et de désespoir. Le seul moment où elle parvenait réellement à maîtriser l'impression de manque qui la torturait, c'était dans la cage, face aux fauves.

Mais, après chacune de ses performances, il lui semblait un peu plus difficile de se détendre et de trouver le sommeil. Et lorsqu'elle fermait enfin les yeux, c'était pour rêver de Keane, ce qui ne faisait qu'accroître son désarroi.

Chaque matin, elle se levait en espérant le trouver devant sa caravane et, chaque soir, elle se couchait en espérant qu'il y serait le lendemain.

Pendant ce temps, le printemps s'était étendu aux régions qu'ils traversaient. On sentait son odeur dans la brise qui soufflait et dans l'herbe. Les premières fleurs avaient éclos et on percevait leurs doux effluves dans l'air chaque jour un peu plus chaud.

Le soleil brillait de plus en plus régulièrement et les journées s'allongeaient, offrant à la troupe de longues soirées consacrées à faire la fête ou à discuter devant les caravanes bariolées. Le moral de tous était au beau fixe et la tristesse de Jo n'en paraissait que plus déplacée.

Elle finit par se demander si Keane n'avait pas tout simplement décidé de rester à Chicago. Après tout, c'était là qu'était sa vie et, en y retournant, il avait dû retrouver le confort auquel il était habitué et les femmes qui devaient le poursuivre de leurs assiduités. Cette simple pensée la plongeait dans des abîmes de désespoir, mais elle ne pouvait s'empêcher d'imaginer ce que pouvait être son existence loin d'elle.

Pourquoi reviendrait-il, après tout ? Pourquoi troquerait-il le confort de son loft contre la caravane rustique de son père ? Les repas raffinés au restaurant contre les déjeuners dans la tente réfectoire ? Les amitiés qu'il avait nouées là-bas contre la méfiance que les gens de la troupe conservaient à son encontre ?

Le cirque ne représentait rien pour lui. Rien de plus, en tout cas, qu'un intermède étrange dans une vie bien réglée. Il finirait sans doute par le vendre au plus offrant sans se soucier du destin de Jo et de ses compagnons.

Jo tenta vainement de se convaincre que c'était uniquement la peur d'une telle décision qui motivait son impatience de le voir revenir. Mais, évidemment, elle n'y parvenait pas réellement.

Ce qui lui manquait le plus, c'étaient ses baisers et le doux contact de ses bras autour de sa taille. La façon dont il la regardait avec ce troublant mélange de désir et d'amusement. Les conversations qu'ils avaient eues sur les sujets les plus divers…

Elle s'efforça de chasser cette impression de manque en travaillant avec acharnement. Sans cesse, elle perfectionnait son numéro et enseignait de nouveaux tours à ses lions. Elle entraînait également Gerry plusieurs fois par semaine au métier de dresseur.

Au départ, elle ne l'autorisa à travailler qu'avec les deux plus jeunes lionceaux, exigeant qu'il porte des gants de cuir renforcés lorsqu'il devait les nourrir ou qu'il jouait avec eux. Puis elle l'encouragea à leur apprendre quelques tours. Il fit preuve d'une patience étonnante et ses efforts ne tardèrent pas à être couronnés de succès.

Jo comprit qu'il avait vraiment l'étoffe d'un dresseur. Il possédait ce mélange de patience et de détermination qui se doublait d'un amour profond envers les animaux dont il s'occupait.

Son seul défaut était de ne pas se montrer assez prudent dans ses rapports avec eux.

Il faisait preuve de trop de décontraction et Jo savait pertinemment que c'était la première cause d'accident dans leur métier. Il était temps de lui faire prendre conscience des risques réels qu'il courrait en poursuivant cette carrière. Aussi se prépara-t-elle à le confronter à une véritable séance pour qu'il puisse prendre la mesure de ses responsabilités.

Profitant d'un jour de relâche, elle fit dresser la cage sous le grand chapiteau. Elle se plaça devant la porte avec Gerry et commença à lui transmettre ses instructions.

— Buck va faire entrer Merlin, expliqua-t-elle au jeune homme qui avait beaucoup de mal à dissimuler le mélange de peur et d'excitation qui l'habitait. C'est le plus sage des chats en dehors d'Ari.

Elle s'interrompit et soupira tristement.

— Malheureusement, Ari n'est pas en état de participer à un exercice.

Elle écarta cette pensée qui la déprimait et s'efforça de se concentrer sur ce qu'ils avaient à faire.

— Merlin s'est déjà familiarisé avec ton odeur et le son de ta voix, reprit-elle. Il ne te considérera donc pas comme une menace. Lorsque nous entrerons, je veux que tu me suives comme mon ombre. Tu bougeras en même temps que moi et tu ne parleras que lorsque je te le dirai. Si tu prends peur, ne cours pas.

Elle serra fortement le bras de Gerry pour lui faire comprendre l'importance de ce conseil.

— C'est capital, compris ? Ne cours jamais devant un lion. Si tu veux sortir, préviens-moi et je te ferai passer dans la cage de sécurité.

— Je ne courrai pas, Jo, promis ! répondit gravement son assistant.

— Bien. Tu es prêt ?

— Oui, confirma-t-il d'une voix assurée.

Jo ouvrit la porte menant à la cage et laissa Gerry entrer avant de la refermer derrière eux. Elle gagna le centre de la piste d'un pas assuré et s'immobilisa.

— Laisse-le entrer, Buck ! ordonna-t-elle.

Un bruit de barreaux se fit entendre tandis que son assistant ôtait la grille de séparation, et Merlin pénétra dans la cage d'un pas tranquille. Il alla directement s'asseoir sur son piédestal. Là, il bâilla à s'en décrocher la mâchoire et contempla pensivement sa dresseuse.

— Tu es tout seul, aujourd'hui, Merlin, lui dit-elle. Et c'est toi la star ! Reste près de moi, ajouta-t-elle à l'intention de Gerry.

Le jeune homme s'exécuta tandis que Merlin le regardait d'un air royalement indifférent. Jo leva le bras et le fauve se redressa aussitôt sur ses pattes arrière.

— Tu sais déjà qu'apprendre à un lion à s'installer à sa place est essentiel, expliqua-t-elle à Gerry. Le public considère cela comme acquis et ne se rend même pas compte que ce n'est pas naturel. La position assise est la deuxième chose que je leur enseigne.

Elle fit signe au lion de se remettre à quatre pattes et il obéit.

— Cela prend en général un certain temps, poursuivit-elle, car ce n'est pas une position naturelle. Il faut d'abord que le chat renforce les muscles de son dos.

Elle fit de nouveau signe à Merlin de se redresser, puis elle lui commanda de rugir en griffant l'air de sa patte. Une fois de plus, il s'exécuta.

— Parfait ! le félicita-t-elle avant de lui faire signe de se remettre à quatre pattes. L'important est de fixer tes instructions. Les gestes et l'intonation de ta voix doivent toujours être les mêmes. Cela demande de la patience et d'innombrables répétitions. Je vais le faire descendre, à présent.

Jo frappa le sol de son fouet en claquant la langue et Merlin sauta au bas de son piédestal.

— Maintenant, je vais lui demander de gagner l'endroit où il doit s'allonger, reprit-t-elle. Reste bien derrière moi, d'accord ?

Elle se rapprocha légèrement de Merlin et s'immobilisa à quelques pas de lui.

— La cage est un cercle, expliqua-t-elle. Son

rayon fait sept mètres. Il faut que tu connaisses chaque centimètre carré de cet espace. Tu dois notamment savoir à chaque instant à quelle distance précise tu te trouves des barreaux. Si tu recules contre le bord de la cage, tu n'as plus de place pour manœuvrer et tu es coincé. C'est l'une des pires erreurs que puisse commettre un dresseur.

Au signal de Jo, Merlin gagna le centre de la cage et s'allongea. Elle le fit ensuite rouler sur lui-même à plusieurs reprises.

— Stop, Merlin !

Aussitôt, le lion s'immobilisa.

— Utilise leurs noms aussi souvent que tu le peux, conseilla-t-elle à Gerry. Cela leur permet de rester concentrés. Tu dois aussi connaître chacune de leurs tendances et de leurs petits défauts.

Jo fit signe à Merlin d'avancer et elle le suivit. Elle lui ordonna alors de rugir. Pour le récompenser de ses efforts, elle le caressa du manche de son fouet.

— Ils aiment être flattés comme des chats, indiqua-t-elle à Gerry. Mais ce ne sont pas des animaux domestiques. Il est essentiel que tu leur accordes toute ta confiance et que, dans le même temps, tu exerces sur eux une domination sans partage. Tu ne dois pas les faire obéir en les battant ou en leur criant après. C'est cruel et cela fait d'eux des créatures mauvaises et vicieuses. Ce qu'il faut, c'est de la patience, du respect et de la volonté. Ne les humilie jamais. Ils ont droit à leur fierté. Ce qu'il faut, en réalité, c'est les avoir au bluff.

Elle leva les bras et Merlin se dressa sur ses pattes arrière.

— L'homme est toujours l'inconnue dans l'équation, continua-t-elle en lui faisant signe de se recoucher. C'est pour cela que nous dressons des animaux sauvages et non des animaux habitués à la captivité. Ari est une exception, mais la plupart des chats élevés en captivité sont habitués à l'homme. Et cela te fait perdre un précieux avantage.

Jo leva de nouveau les bras et Merlin se redressa. Debout, il faisait près de deux mètres dix et dépassait largement sa maîtresse. Elle le fit s'avancer jusqu'à son piédestal avant de le laisser reprendre sa position naturelle.

— En captivité, ils peuvent se prendre d'affection pour toi, poursuivit-elle. Mais ils ne te craignent pas et ne te respectent pas beaucoup plus. Cela arrive même aux chats qui restent trop longtemps avec leur dresseur. Ils deviennent alors paradoxalement à la fois plus dociles et plus dangereux parce qu'ils se sentent en confiance. Alors, ils te testent. Et il faut que tu leur fasses comprendre que tu es indestructible.

Elle fit signe à Merlin de remonter sur son piédestal et il obéit avant de bâiller une fois encore.

— Si l'un d'eux essaie de te donner un coup de patte, réprimande-le sans attendre. Sinon, il essaiera encore et encore et se rapprochera un peu plus chaque fois. Généralement, lorsqu'un dresseur est blessé dans la cage, c'est parce qu'il a commis une erreur et que les chats l'ont senti et en ont profité. Ils ne les ratent quasiment jamais, tu sais ? Parfois, ils les laissent passer. Parfois, non. Il arrive que Merlin me donne des coups de patte sur l'épaule. Bien sûr, il veut seulement jouer et ne sort pas ses griffes. Mais il existe toujours une possibilité pour qu'un jour il oublie ce détail. Des questions ?

— J'en aurai des centaines, répondit Gerry. Mais je n'arrive pas à en trouver une seule pour le moment.

Jo sourit et gratta Merlin derrière l'oreille. Il émit un ronronnement aussi puissant que le soufflet d'une forge.

— Tu les retrouveras, promit Jo à Gerry. Il est difficile de tout digérer dès la première fois, mais cela te reviendra lorsque tu seras plus détendu. Bien ! Tu connais les ordres de base. Alors demande à Merlin de se redresser.

— Moi ? s'exclama Gerry, stupéfait.

Jo hocha la tête et s'écarta pour laisser son assistant face au lion.

— Tu peux être aussi terrifié que tu le veux, lui dit-elle, Mais il ne faut pas que cela s'entende dans ta voix. Et ne quitte pas des yeux ceux de Merlin.

Gerry essuya sa paume moite sur son jean et leva la main comme il avait vu Jo le faire des centaines de fois.

— Debout ! ordonna-t-il d'une voix relativement assurée.

Merlin l'étudia un moment et se tourna vers Jo. Son regard indiquait clairement ce qu'il pensait de Gerry : un amateur qui ne valait même pas le coup d'être considéré. Elle resta impassible et se tourna vers son élève.

— Il te teste, lui expliqua-t-elle. C'est un vieux de la vieille et il n'est pas si facile que cela à impressionner. Sois plus autoritaire et utilise son prénom, cette fois.

Gerry prit une profonde inspiration et répéta son geste.

— Debout, Merlin !

Le lion le contempla d'un air dubitatif.

— Encore ! ordonna Jo.

Gerry avala sa salive.

— Fais preuve de plus de fermeté ou il pensera que tu n'es qu'une lavette, insista-t-elle.

— Debout, Merlin ! répéta Gerry, piqué au vif.

Visiblement à contrecœur, le lion s'exécuta et se dressa lentement sur ses pattes arrière.

— Il l'a fait ! s'écria Gerry, stupéfait. Il l'a vraiment fait !

— Très bien, commenta Jo, satisfaite de son assistant comme de l'animal. Maintenant, oblige-le à se rasseoir.

Lorsque ce fut fait, elle lui fit ordonner au lion de descendre du piédestal. Elle tendit alors son fouet à Gerry.

— Gratouille-le derrière les oreilles, lui conseilla-t-elle. Il l'a bien mérité.

La main de son assistant tremblait légèrement lorsqu'il s'empara de l'instrument, mais il s'exécuta pour la plus grande satisfaction de Merlin. Pour récompenser ce dernier, Jo le laissa se frotter contre ses jambes avant de le ramener vers sa cage.

Buck frappa sur les barreaux et le lion quitta dignement la piste.

— Bravo, Gerry ! le félicita Jo lorsqu'ils se retrouvèrent seuls dans la grande cage.

— C'était génial ! s'exclama son assistant en lui rendant le fouet. Quand est-ce que je pourrai recommencer ?

— Bientôt, lui assura Jo en lui tapotant l'épaule. Souviens-toi juste de ce que je t'ai dit et reviens me voir dès que tu auras des questions. D'accord ?

— Bien sûr ! Merci, Jo. Merci beaucoup ! Il faut absolument que j'aille raconter ça aux autres.

— File ! répondit-elle en riant.

Elle le suivit des yeux tandis qu'il quittait la piste et se dirigeait en courant vers la sortie pour aller faire part de ses exploits à ses amis.

Finalement, elle quitta à son tour la vaste cage et rejoignit Buck.

— Est-ce que j'étais comme ça, moi aussi ? demanda-t-elle avec un sourire amusé.

— La première fois que tu as réussi à faire asseoir un chat, nous en avons entendu parler pendant plus d'une semaine ! Tu n'avais que douze ans, mais tu étais déjà convaincue que tu étais prête pour ton premier numéro.

Elle éclata de rire.

C'est alors qu'il la rejoignit.

— Keane ! s'écria-t-elle, stupéfaite.

En se retrouvant face à lui, elle sentit un délicieux mélange de soulagement et de bonheur l'envahir tout entière. Au moment même où elle avait fini par renoncer à le voir revenir, voilà qu'il réapparaissait par surprise. Elle fit un pas vers lui, terriblement tentée de se jeter dans ses bras, puis s'immobilisa, légèrement embarrassée.

— Je ne savais pas que tu étais de retour, lui dit-elle avec un radieux sourire.

Elle serrait presque convulsivement le manche de son fouet pour résister à l'envie qu'elle avait de le toucher.

— On dirait que je t'ai manqué, observa-t-il avec ce sourire amusé qu'elle avait gardé gravé au plus profond d'elle-même.

Elle s'en voulut un peu d'avoir été percée à jour aussi facilement.

— Peut-être un peu, reconnut-elle prudemment. Je suppose que je m'étais habituée à ta présence. Et puis tu es parti plus longtemps que prévu.

Il n'avait pas changé, songea-t-elle avant de s'apercevoir de l'absurdité de cette remarque. Mais elle n'y pouvait rien : le mois qui venait de s'écouler lui avait semblé durer une éternité.

— C'est vrai. J'ai eu beaucoup plus de choses à faire que je ne l'avais prévu initialement, convint-il. Comment vas-tu ? Tu me sembles un peu pâle.

— Je n'ai guère eu l'occasion de prendre le soleil, éluda-t-elle. Comment était-ce, à Chicago ?

— Il faisait plus frais qu'ici, répondit sobrement Keane. Tu n'y es jamais allée ?

— Non. Nous donnons généralement quelques représentations dans la région vers la fin de la tournée, mais je n'ai jamais trouvé le temps de visiter la ville.

Keane hocha la tête d'un air absent. Il avait les yeux fixés sur la grande cage dont elle venait de sortir.

— A ce que je vois, tu as décidé de former Gerry.

Jo perçut dans sa voix une certaine tension. Visiblement, quelque chose l'ennuyait, mais elle ne parvenait pas à comprendre ce dont il pouvait bien s'agir.

— Exact, répliqua-t-elle. C'était la première fois qu'il se retrouvait face à un chat sans en être séparé par des barreaux. Je trouve qu'il s'est plutôt bien débrouillé.

Keane se tourna vers elle et l'observa longuement avant de parler.

— Il tremblait de la tête aux pieds, fit-il enfin. Je le voyais d'ici.

— C'était sa première expérience, riposta-t-elle, sur la défensive.

— Je ne cherchais pas à le critiquer, remarqua Keane avec une pointe d'impatience. Je constate juste qu'il était terrifié alors que tu maîtrisais parfaitement la situation.

— C'est mon métier, repartit-elle en haussant les épaules.

— Mais ce lion mesurait plus de deux mètres lorsqu'il s'est dressé sur ses pattes arrière. Et tu te tenais à côté de lui sans la moindre protection. Tu n'avais pas même la chaise qu'utilisent la plupart des dompteurs.

— Je te l'ai dit : je ne suis pas dompteuse mais dresseuse. Ma relation avec les animaux repose sur la confiance réciproque.

— Ne me dis pas que tu n'as pas au moins un peu peur d'eux ! s'exclama Keane.

— Peur ? répéta-t-elle, surprise par sa véhémence. Bien sûr que si ! J'ai même certainement beaucoup plus peur que Gerry ou toi, si tu te trouvais dans la cage.

— Je ne comprends pas. Gerry tremblait de tous ses membres.

— C'était plus de l'excitation que de la peur, expliqua-t-elle d'un ton patient. Il n'a pas assez d'expérience pour avoir aussi peur qu'il le devrait.

Elle rabattit nerveusement une mèche de cheveux qui lui tombait dans les yeux. Ce n'était pas un sujet qu'elle aimait aborder et le fait d'en parler avec Keane la mettait plus mal à l'aise encore. Mais elle tenait à lui faire comprendre ce qu'elle ressentait exactement dans la cage, parce que ça l'aiderait peut-être à comprendre un peu mieux l'univers très étrange que constituait le cirque.

— La véritable peur vient lorsque l'on travaille régulièrement avec les chats, reprit-elle. Lorsqu'on les connaît et qu'on les comprend. Toi, tu peux juste supposer ce dont ils sont capables. Moi, je le sais précisément. Je sais qu'ils sont aussi courageux que rusés et j'ai vu à quel point ils pouvaient se montrer impitoyables.

Elle parlait avec passion, mais son regard restait calme et distant tandis qu'elle gardait les yeux fixés sur ceux de Keane.

— Une fois, mon père a failli perdre une jambe dans la cage. Je n'avais que cinq ans, alors, mais je m'en souviens parfaitement. Il a commis une légère erreur et un lion de deux cent cinquante kilos lui a décoché un coup de patte avant de le traîner à travers la piste. Fort heureusement, il a été distrait par une femelle et mon père a pu sortir. Les chats sont imprévisibles lorsqu'ils pensent au sexe et c'est d'ailleurs sans doute pour cela qu'il a attaqué, cette fois-là. Ce sont des animaux jaloux et très possessifs, une fois qu'ils ont trouvé une partenaire.

Jo s'interrompit un instant, revivant cette scène terrible qui l'avait si profondément marquée.

— Je ne me rappelle plus combien de points de suture il a fallu lui faire ni combien de temps s'est écoulé avant qu'il puisse remarcher normalement, mais je me souviens parfaitement du regard de ce lion. C'est à lui que je pense quand je suis dans la cage. Mais si je n'étais pas capable de contrôler et de canaliser cette peur, je n'aurais qu'à trouver un autre métier.

— Je ne comprends pas, s'écria Keane en la prenant par les épaules. Pourquoi le fais-tu ? Et ne me dis pas simplement que c'est ton travail. Cela n'explique rien.

Jo constata qu'il était en colère. Elle était dresseuse depuis suffisamment longtemps pour comprendre que c'était sa façon de réagir à la peur qu'il éprouvait pour elle. Et l'idée qu'il puisse s'inquiéter pour son compte la toucha plus qu'elle ne l'aurait voulu.

— Très bien, soupira-t-elle. La véritable raison, c'est que ce métier est ma vie. Je n'ai jamais rien connu d'autre. Et c'est ce que je fais le mieux. Je pense que chacun doit trouver son talent caché et le cultiver. C'est la seule façon de se sentir en paix avec soi-même, d'avoir l'impression de maîtriser sa vie. J'aime être dans cette cage. Et j'aime donner un peu de rêve au public qui vient voir le spectacle. Mais, surtout, j'aime mes lions. Je sais qu'il est difficile pour quelqu'un d'extérieur de comprendre la nature exacte de la relation qui unit un dresseur à ses animaux. Mais j'aime leur intelligence, leur beauté, leur force, leur courage et cette étincelle de sauvagerie que l'on sent en eux à chaque instant. C'est ce qui les différencie des chevaux ou des chiens qui finissent par ressembler aux hommes qu'ils fréquentent. Fondamentalement, un lion est indomptable.

Jo se tut et Keane la contempla longuement en silence. Il y avait toujours de la colère dans ses yeux, mais elle y lisait aussi l'ébauche d'une compréhension.

— Je suppose que l'excitation générée par le risque doit devenir une addiction. Il doit être difficile de se passer de tels moments.

— Je ne sais pas, avoua Jo. A vrai dire, je n'ai jamais arrêté.

Il réfléchit à ce qu'elle venait de dire et hocha la tête. Finalement, il se détourna et fit mine de se diriger vers la sortie.

— Keane !

Il se tourna vers elle et elle s'aperçut alors

qu'elle n'avait pas le courage de lui poser toutes les questions qui l'avaient tourmentée durant son absence.

— As-tu réfléchi à ce que tu allais faire du cirque ? demanda-t-elle enfin, abordant le sujet qui lui paraissait le moins personnel.

Elle lut dans ses yeux un mélange de déception et de colère.

— Non, répondit-il simplement.

— C'est important, tu sais ? plaida-t-elle. Ne vois-tu pas que tu tiens entre tes mains le destin et les espoirs d'une centaine de personnes ?

— Il est inutile de me presser, Jo, déclara-t-il durement. Je prendrai cette décision quand je serai prêt.

— Mais ce n'est pas ce que j'essayais de faire ! protesta-t-elle. Je te demandais juste de faire preuve de justice et de mansuétude.

— Je t'avais promis de ne rien faire avant la fin de la tournée. Et de revenir ici pour réfléchir à la question. J'ai tenu cette promesse et, pour le moment, tu devras t'en contenter.

La froideur avec laquelle il venait de s'exprimer fit naître en Jo une pointe de colère. Comment pouvait-il se montrer aussi insensible ? Ne comprenait-il pas qu'ils étaient tous suspendus à cette décision qu'il refusait toujours de prendre ?

— Je suppose que tu ne me laisses pas le choix, répliqua-t-elle avec rancœur.

— En effet.

Sur ce, il se détourna et gagna la porte d'entrée du chapiteau. Malgré elle, elle admira sa démarche assurée qu'elle ne put s'empêcher de comparer à celle de ses lions.

— Tu veux en parler ? fit une voix derrière elle.

Jo fit face à Jamie, qui avait déjà revêtu son costume de clown et la considérait gravement.

— Je ne t'avais pas vu, lui dit-elle, surprise.

— Je sais. Depuis que tu es sortie de la cage, toute ton attention s'est focalisée sur Prescott.

— Pourquoi es-tu habillé ?

— Parce que cet imbécile refuse de m'obéir quand je ne suis pas en costume, répondit Jamie en désignant le chien qui se trouvait à ses pieds. Alors ? Tu veux que nous en parlions ?

— De ton chien ?

— Mais non ! De ce que tu ressens pour Prescott.

Le chien s'assit patiemment près de son maître et contempla les deux humains d'un air attentif.

— Je ne ressens rien de particulier pour lui, déclara Jo en haussant les épaules.

— Ecoute, je ne dis pas que cela ne marchera pas entre vous, mais je ne tiens pas à ce que tu souffres. Je sais ce que c'est d'être amoureux de quelqu'un, crois-moi.

— Qu'est-ce qui te fait croire que je suis amoureuse de Keane ? demanda Jo, sidérée.

— Je te connais depuis toujours, Jo. Les autres

ne l'ont sans doute pas remarqué, mais je sais que tu étais malheureuse comme une pierre depuis son départ pour Chicago. Tous les matins, je te voyais scruter les rangées de caravanes pour savoir s'il était revenu. Et quand tu l'as aperçu, tout à l'heure, ton visage s'est illuminé. Ne me fais pas croire que tu n'es pas amoureuse !

— Je ne suis pas amoureuse, protesta Jo.

— Vraiment ? insista-t-il.

Elle se figea, comprenant brusquement qu'il avait raison. Comment expliquer autrement les affres et les tourments par lesquels elle était passée au cours de ces derniers jours ? Le désespoir qu'elle avait ressenti lorsqu'il lui avait annoncé qu'il devait repartir pour Chicago ? La joie qui l'avait envahie en le voyant ce matin ?

— Oh, non, murmura-t-elle. Ce n'est pas possible…

— Ne me dis pas que tu ne t'en étais pas rendu compte ! s'exclama Jamie, incrédule.

Percevant sa détresse, il lui caressa affectueusement le bras.

— Je suppose que je ne suis pas très douée pour ce genre de choses, soupira-t-elle. Que vais-je faire, maintenant ?

— Ça, je n'en sais rien, riposta Jamie en donnant un coup de pied sur le sol recouvert de sable. Je ne suis pas à proprement parler le mieux placé pour te donner des conseils en la matière.

Je voulais juste que tu saches que je serai là si tu as besoin d'une oreille attentive ou d'une épaule sur laquelle pleurer.

Jo passa la majeure partie de l'après-midi à réfléchir à la situation inextricable dans laquelle elle se trouvait. Il y avait un côté exaltant dans le fait d'être amoureuse. C'était quelque chose qu'elle n'avait jamais ressenti auparavant et cela l'emplissait d'une étrange excitation.

Elle se prit à rêver que Keane partageait ses sentiments. Qu'il les lui avouait en la serrant dans ses bras, sous un ciel étoilé. Qu'il la demandait en mariage et lui affirmait ne pouvoir vivre sans elle. Qu'elle se métamorphosait brusquement et devenait capable d'évoluer avec un parfait naturel dans ce monde qui était le sien.

Elle serait alors capable de discuter avec les banquiers et les avocats qu'il fréquentait, d'échanger des bons mots spirituels avec leurs femmes. Ils auraient une maison à la campagne où ils feraient l'amour pendant des heures.

Chaque matin, ils se réveilleraient dans les bras l'un de l'autre, passeraient des journées entières à lire côte à côte ou à se promener main dans la main. Il y aurait des repas romantiques à la lueur des chandelles, des voyages en amoureux à l'autre bout du monde…

Mais chaque fois qu'elle se laissait aller à

imaginer ce monde idéal, elle était brusquement ramenée à la réalité. Elle n'avait plus l'âge de croire aux contes de fées. Rien de tout cela ne se réaliserait, pour la bonne et simple raison que Keane ne l'aimait pas.

Il la désirait, c'était certain. Il envisagerait même peut-être une liaison passagère, une passade un peu exotique entre deux visites à son country club. Mais ils étaient issus de mondes trop différents pour que Jo puisse espérer plus.

Et si elle ne voulait pas se faire briser le cœur, il allait très rapidement lui falloir trouver une façon de contrôler ses propres sentiments.

Ne sachant comment procéder, elle décida de poser la question à Pete. Alors que tous deux étaient en train de nourrir les lions, elle entreprit de l'interroger.

— Est-ce que tu as déjà été amoureux ? lui demanda-t-elle sur le ton de la conversation en déposant un impressionnant quartier de viande dans la cage d'Abra.

Pete réfléchit quelques instants avant de répondre, la regardant d'un air pensif en mâchonnant son sempiternel chewing-gum.

— Eh bien, oui, lui dit-il enfin. Comme tout le monde. Peut-être huit ou dix fois en tout…

Jo éclata de rire et secoua la tête.

— Non, je voulais dire vraiment amoureux, précisa-t-elle.

— A vrai dire, je suis un cœur d'artichaut, avoua son assistant avec un sourire malicieux. Je tombe amoureux très facilement. Il me suffit parfois d'un beau minois, d'un coup d'œil passager ou d'une remarque amusante… C'est une sensation extraordinaire. Presque aussi excitante que d'étaler une quinte flush pour doubler sa mise.

Jo sourit et passa à la cage suivante.

— Très bien, lui lança-t-elle. Puisque tu es un expert, donc, dis-moi ce que tu ferais si tu étais amoureux de quelqu'un qui ne t'aime pas et que tu ne voulais pas que cette personne le sache pour ne pas paraître ridicule.

— Sale histoire, commenta Pete. Laisse-moi résumer la situation : tu es amoureuse…

— Je n'ai pas dit qu'il s'agissait de moi, protesta Jo.

Cette fois, ce fut lui qui sourit.

— Très bien. Imaginons pourtant que ce soit toi pour simplifier ma démonstration, reprit-il avec une pointe d'ironie.

Jo rougit et hocha la tête, furieuse d'avoir été si facilement percée à jour.

— Tu es amoureuse de quelqu'un, poursuivit-il. Tout d'abord, le plus important est de t'assurer que le type en question ne t'aime pas, ce qui simplifierait diablement les choses.

— J'en suis certaine, rétorqua-t-elle.

Pete fit claquer son chewing-gum et hocha la tête. Dans ses yeux, elle lut un éclair de sympathie.

— Très bien. Dans ce cas, tu dois commencer par essayer de le faire changer d'avis.

— Je ne sais pas si c'est possible, soupira-t-elle.

— Bien sûr que si ! s'exclama-t-il en haussant les épaules. Il y a des tas de façons d'y parvenir. Soit tu y vas franco et tu essaies de le séduire. Tous les moyens sont bons : battements de paupières, regards langoureux, sourire aguicheur…

Tout en énonçant ces diverses possibilités, Pete les mimait et Jo ne tarda pas à éclater de rire devant cette démonstration surréaliste. Jamais elle n'aurait pensé que son ami, d'ordinaire si réservé, puisse cacher de tels talents d'imitateur.

— Tu peux aussi jouer la fille qui n'est pas intéressée. Voire même le rendre jaloux en faisant semblant de t'intéresser à quelqu'un d'autre. Tu peux flatter son ego ou le provoquer. Il y a des centaines de façons de séduire un homme et j'ai été victime d'un grand nombre d'entre elles. Bien sûr, je suis peut-être moins difficile à convaincre que d'autres…

Jo le vit sourire et regretta de ne pouvoir considérer l'amour avec autant de détachement et de bonne humeur.

— Imaginons que je ne veuille faire aucune de ces choses, lui dit-elle. Imaginons que je ne sache pas vraiment comment m'y prendre et que je ne veuille pas me rendre ridicule en essayant. Imaginons que, de toute façon, la personne que j'aime ne soit pas faite pour moi. Que suis-je censée faire, alors ?

— Je crois que tu supposes trop, déclara Pete. A t'entendre, j'ai l'impression que tu es résignée à perdre avant même d'avoir joué.

— Peut-être, concéda Jo. Mais, parfois, les chances de gagner sont si minimes que le jeu n'en vaut pas la chandelle. Surtout si l'on n'en connaît pas vraiment les règles.

— Perdre n'est rien, répondit Pete d'un ton grave. Gagner, c'est merveilleux, mais l'essentiel, c'est toujours de jouer. Sinon, tôt ou tard, on regrette de ne pas l'avoir fait. La vie entière est un jeu, Jo. Tu le sais aussi bien que moi. Et, le pire, c'est que les règles changent sans cesse ! Mais toi, tu fais partie des personnes les mieux équipées pour faire face à ça. Tu as des nerfs d'acier, tu es intelligente, tu as sans cesse envie d'aller plus loin et de te dépasser. Alors ne viens pas me dire que tu as peur de tenter ta chance !

Jo le regarda longuement, touchée par cette déclaration.

— Je pense que je suis habituée à prendre des risques calculés, expliqua-t-elle enfin. Je connais les dangers et la façon de les éviter. Et je sais précisément ce qui se produira si je commets une erreur. Ce n'est pas le cas en amour. Rien ne m'y a jamais préparée. Je n'ai jamais répété le numéro. Et me lancer de cette façon serait un suicide.

— Je crois que tu devrais avoir un peu plus confiance en toi, Jo, assura Pete en lui tapotant affectueusement l'épaule.

A cet instant, ils furent rejoints par Rose. La jeune fille portait un jean moulant et un chemisier que rehaussait à la perfection le boa constrictor qui reposait sur ses épaules.

— Salut ! s'exclama-t-elle joyeusement.

— Salut, Rose, répondirent Jo et Pete d'une même voix. Tu promènes Baby ?

— Oui, il avait besoin de s'aérer un peu. Je crois qu'il a le mal des transports, tu sais ? Est-ce qu'il ne te paraît pas un peu pâle ?

Jo observa la peau écailleuse et les petits yeux noirs qui la contemplaient fixement.

— On ne dirait pas. Mais je ne suis pas experte en la matière.

— Bah, c'est peut-être à cause de la chaleur. Je vais lui donner un bain. Ça devrait le remettre d'aplomb.

Rose se détourna et parcourut le campement des yeux.

— Tu cherches Jamie ? demanda Jo, amusée.

— Sûrement pas, rétorqua Rose fièrement. J'ai décidé de ne plus perdre mon temps avec celui-là. Il m'est totalement indifférent, désormais.

— Ah, j'avais oublié cette méthode, intervint

Pete en décochant un coup de coude à Jo. Très efficace aussi, dans son style.

— De quoi parles-tu ? s'enquit Rose, méfiante.

Jo éclata de rire.

— Des mille et une façons d'attraper un homme, repartit-elle en s'asseyant sur l'un des tonneaux remplis d'eau qui étaient entreposés là. Pete a réalisé une étude très exhaustive sur la question.

— Vraiment ? fit Rose en se tournant vers Pete. Tu crois que, si je joue les indifférentes, il finira par s'intéresser à moi ?

— C'est vieux comme le monde ! s'écria-t-il en riant. Et ça marche presque à tous les coups. Il commencera à se demander pourquoi tu ne le harcèles plus. Puis tu commenceras à lui manquer un peu. Lorsqu'il reviendra vers toi, il s'apercevra que tu n'es plus intéressée et il se demandera s'il n'a pas commis une erreur. A partir de là, il est cuit !

— Tu es sûr ? insista Rose en fronçant les sourcils.

— Les chances de réussite sont estimées à quatre-vingt-sept pour cent en moyenne, riposta-t-il malicieusement. Et cela marche même avec les lions, ajouta-t-il en désignant les cages qui se trouvaient derrière eux. Une lionne qui veut séduire peut rester assise, les yeux dans le vague, comme si elle réfléchissait à des choses vraiment très importantes. Son copain, dans la cage d'à côté, fait tout ce qu'il peut pour attirer son attention. Mais elle fait sa toilette et lui tourne le dos comme s'il n'existait pas. Au bout d'un moment, alors qu'il est tellement frustré qu'il serait prêt à se cogner la tête contre les barreaux, elle se tourne négligemment vers lui et lui jette un petit regard, l'air de dire : « Tu voulais me dire quelque chose ? ». Le pauvre lion n'a aucune chance…

Rose et Jo éclatèrent de rire.

— Peut-être devrais-je renoncer à glisser Baby dans la caravane de Carmen, dans ce cas, déclara alors la jeune Mexicaine. Oh, regardez ! Voici Duffy et M. Prescott. Il a vraiment belle allure, tu ne trouves pas, Jo ?

Celle-ci ne répondit pas. Keane avait les yeux fixés sur elle et elle ne parvenait pas à s'arracher à la fascination que son regard exerçait sur elle. Une fois de plus, elle se répéta qu'elle n'était qu'une imbécile et ne pouvait continuer à s'y abandonner de cette façon.

— Si, lâcha-t-elle enfin en s'efforçant d'adopter un ton indifférent. Il est plutôt mignon.

— Bien tenté, Jo, murmura Pete à son oreille. Mais tu serres si fort ce baril que tes jointures sont en train de blanchir.

Elle rougit et se força à se détendre. Se redressant, elle se rappela que la maîtrise de soi était l'une des principales qualités que lui avait permis de développer son métier de dresseuse. Si elle était capable de bluffer des lions, elle parviendrait bien à faire de même avec un homme.

— Salut, Duffy ! s'exclama Rose avant de décocher un sourire étincelant à Keane. Bonjour, monsieur Prescott. Je suis ravie de vous revoir.

— Bonjour, Rose, répondit-il avec un sourire qui vacilla quelque peu lorsqu'il avisa le serpent enroulé autour du cou de la jeune fille. Qui est votre ami ?

— C'est Baby, expliqua-t-elle en tapotant la tête du reptile.

— Enchanté de faire sa connaissance. Bonjour, Pete.

Les deux hommes se serrèrent la main et Keane se tourna enfin vers Jo. Comme le jour où ils s'étaient rencontrés pour la première fois, il y avait dans son regard un mélange d'attention et de distance qui trahissait cette alliance caractéristique d'assurance et de contrôle.

Jo constata alors qu'elle avait peur de lui. Elle l'aimait et redoutait le pouvoir que cela lui donnait sur elle. Après tout, il avait les moyens de lui briser le cœur. Pourtant, elle se garda bien de trahir cette angoisse.

Car si elle n'était pas certaine de pouvoir dominer son amour, elle savait se servir de sa peur. Face à lui, elle était bien décidée à respecter la première règle d'un dresseur : ne jamais tourner le dos et s'enfuir.

En silence, ils se mesurèrent du regard tandis que les trois autres les regardaient faire avec un mélange d'étonnement et de curiosité. Cette bataille de volontés aurait pu s'éterniser si Duffy n'avait pas fini par s'éclaircir la gorge pour attirer leur attention.

— Jo ? fit-il d'un ton légèrement embarrassé.

— Oui, Duffy ? répliqua-t-elle d'une voix parfaitement maîtrisée.

— J'ai dû envoyer l'une des trapézistes en ville pour faire soigner une rage de dents. J'aimerais que tu la remplaces, ce soir.

— Pas de problème.

— Ce sera juste pour l'ouverture et les exercices de corde. Pour le final, tu garderas ta place de dresseuse. Va voir l'habilleuse pour faire ajuster ton costume dans l'après-midi, d'accord ?

— D'accord. Quelle position occuperai-je ?

— La corde numéro 4.

— Duffy ! intervint Rose. Quand est-ce que tu me laisseras essayer, moi aussi ?

— Voyons ! Tu as vu le poids de ces costumes de scène ? se récria Duffy en secouant la tête d'un air dubitatif. Je ne pense pas que tu pourrais grimper avec quelque chose d'aussi lourd sur le dos.

Il se tenait à prudente distance de la jeune femme et Jo ne put s'empêcher de sourire. Après trente-cinq ans passés à travailler dans des cirques et des festivals, il ne se sentait toujours pas très à l'aise à côté d'un serpent.

— Je suis bien assez forte ! protesta fièrement la jeune Mexicaine. Et je me suis beaucoup entraînée.

Impatiente de leur en faire la démonstration, elle décrocha Baby de son cou.

— Tenez-moi ça une minute, dit-elle en le tendant à Keane.

Ce dernier prit le reptile qu'il considéra d'un air méfiant.

— J'espère que vous lui avez donné à manger récemment, dit-il en souriant nerveusement.

— Je vous rassure, rétorqua Rose. Il vient tout juste de prendre son petit déjeuner.

Sur ce, elle effectua un pont arrière pour prouver sa souplesse à Duffy.

— Baby ne mange jamais les propriétaires, déclara Jo à Keane avec un sourire moqueur.

C'était la première fois qu'elle le voyait perdre de sa belle assurance et cela la rasséréna quelque peu.

— Il ne mange que les gogos qui s'aventurent dans le campement sans autorisation, reprit-elle.

— Très bien, acquiesça Keane en raffermissant son emprise sur le serpent. J'espère juste qu'il est au courant que je suis le propriétaire.

Jo se tourna vers Pete avec un air malicieux.

— Je ne sais pas. Est-ce qu'on l'a prévenu ?

— Je n'ai pas encore eu le temps de le faire,

répondit Pete sur le même ton. Et M. Prescott ressemble beaucoup à un gogo… J'espère que Baby ne s'y trompera pas.

— Allons, ils se moquent de vous, monsieur Prescott, déclara Rose qui avait terminé sa petite démonstration. Baby ne mange pas les humains. Il est doux comme un agneau. Les enfants adorent venir le caresser après les répétitions. Ce n'est pas comme les cobras ! Si vous voulez, je pourrai vous en prêter un.

— Non merci, assura Keane en déposant le serpent entre les bras de sa propriétaire.

Celle-ci le passa autour de son cou.

— Alors, Duffy ? Qu'en dis-tu ?

— Très bien, soupira ce dernier, résigné. Demande à une des filles de t'apprendre le numéro. Ensuite, je verrai comment tu t'en sors et nous en reparlerons.

Rose poussa un petit cri de joie et déposa un baiser sur la joue de Duffy, puis fila en direction du grand chapiteau. Il la suivit des yeux d'un air amusé avant de se tourner vers les autres.

— Bon, il faut que je vous laisse. Je dois recevoir le maire et lui faire visiter le cirque. Amusez-vous bien !

Il s'éloigna à son tour en sifflotant. Pete s'éclipsa discrètement, laissant Keane et Jo près de la ménagerie. Se retrouvant seule avec lui, elle sentit son pouls s'emballer.

— Je vais aller essayer mon costume, annonça-t-elle en sautant du baril sur lequel elle était toujours perchée.

Mais avant qu'elle ait pu prendre la fuite, Keane l'attrapa par la taille. Luttant de toutes ses forces pour conserver un semblant de dignité, Jo s'efforça de ne pas réagir à ce contact et leva vers lui un regard aussi neutre et détaché que possible.

Malheureusement, elle sentait les doigts de Keane masser doucement sa peau, éveillant en elle d'irrépressibles tressaillements qu'elle avait beaucoup de mal à lui dissimuler.

Elle était tiraillée entre l'envie de se trouver à mille lieues de là et le désir qu'elle avait qu'il pose ses lèvres sur les siennes. Son cœur battait à tout rompre alors que son esprit tentait vainement de rapprocher ces deux aspirations inconciliables.

Sans la quitter des yeux, Keane leva la main vers son visage et repoussa une mèche de cheveux noirs. Puis, brusquement, il la relâcha et s'écarta pour la laisser passer. Vaguement déçue, elle s'éloigna en direction de la caravane de l'habilleuse.

Décidément, elle ne parvenait pas à comprendre les constants revirements d'attitude dont Keane semblait coutumier.

Chapitre 7

Le grand chapiteau était plein à craquer pour la représentation du soir. Jo put profiter de la parade d'ouverture à laquelle elle participait exceptionnellement pour observer le public. Tout en faisant le tour de la piste au rythme sautillant de la musique que jouait l'orchestre, elle se sentait gagnée par la bonne humeur et l'enthousiasme des spectateurs.

Il y avait des gens de tout âge, du nouveau-né aux grands-parents, et tous paraissaient ravis de se retrouver là pour partager quelques heures de rêve et de ravissement. Jo n'avait pas souvent l'occasion de lire ces expressions qui donnaient à leur travail tout son sens.

Lorsqu'elle se trouvait dans sa cage, elle devait impérativement faire abstraction du public comme de tout ce qui l'entourait. La moindre seconde de distraction aurait pu lui être fatale.

Lorsque la parade prit fin, Jo regagna rapidement les coulisses pour troquer sa robe à crinoline contre sa tenue de dresseuse et son fouet. Quelques minutes plus tard, elle était de retour sur la piste pour son numéro.

Celui-ci se déroula à merveille et, tandis que Buck, Pete et Gerry démontaient la grande cage, elle alla enfiler le costume de papillon pour sa prestation sur la corde.

— J'ai entendu dire que tu garderais le poste pendant toute la semaine prochaine, lui indiqua Jamie. Apparemment, le dentiste que Barbara est allée voir lui a conseillé de faire une pause.

Jo haussa ses épaules rehaussées de deux ailes massives.

— Je suis sûre que Rose sera ravie de prendre ma place, répondit-elle. Elle ne mettra pas longtemps à apprendre le numéro. Et si elle peut supporter ce maudit costume, Duffy est prêt à lui confier le rôle. Franchement, je ne l'envie pas ! Il pèse au moins une tonne !

— Ça va être à toi, lui annonça alors l'habilleuse.

Jo se dirigea de nouveau vers la piste. Elle parvint sans grand problème à suivre la chorégraphie des papillons malgré la gêne créée par la taille impressionnante des ailes qui risquaient à tout moment de se prendre dans la corde.

Lorsqu'elle revint une dernière fois en coulisse, ce fut pour enfiler une combinaison pailletée de cornac. Elle était en effet chargée de diriger Maggie pendant la parade finale. L'éléphante se tira de l'exercice avec sa grâce et sa patience habituelles et Jo put profiter une fois de plus des applaudissements nourris du public.

C'était, songea-t-elle, la plus belle récompense de toutes, la plus belle des magies du cirque. Enfants de la balle, errants sans toit, éternels vagabonds, ils offraient, l'espace d'une soirée, un peu de cet immortel enchantement dont ils étaient les dépositaires.

En cet instant, Jo avait l'impression d'être l'héritière de tous ceux qui avaient passé leur vie à divertir les foules du monde entier. Et elle aurait tout donné pour pouvoir communiquer cette impression à Keane, pour qu'il comprenne ce qu'ils essayaient réellement d'accomplir à force de travail et de passion.

La parade prit fin et Jo rejoignit les autres artistes dans la tente réfectoire. Là, les discussions allaient bon train. Chacun échangeait ses impressions sur le spectacle du soir, commentait les numéros particulièrement réussis et critiquait ceux qui avaient paru plus laborieux.

Puis de petits groupes se formèrent et les conversations prirent un tour plus personnel. Jo décida d'aller prendre une douche et de se changer. Le mélange d'énergie et de tension nerveuse qu'elle avait ressenti au cours du spectacle commençait lentement à refluer et elle aspirait à un peu de calme et de tranquillité avant de participer au démontage du grand chapiteau.

De retour dans sa caravane, elle commença par se démaquiller, gommant l'épaisse couche de fond de teint qui recouvrait son visage pour mieux accrocher les feux des projecteurs. Elle ôta ensuite le rouge à lèvres éclatant et les ombres qui soulignaient ses paupières. La transformation était radicale, mais Jo y était tellement habituée qu'elle n'y prêtait plus attention.

Se redressant, elle s'étira langoureusement et se dirigea vers la petite salle de bains pour aller se doucher. Mais, alors qu'elle était sur le point de se déshabiller, quelqu'un frappa.

— Entrez ! s'exclama-t-elle en se tournant vers la porte.

A sa grande surprise, ce fut Keane qui pénétra dans la caravane.

— Personne ne t'a jamais dit qu'il valait mieux demander qui était là ? lança-t-il en avisant son expression étonnée.

Il referma la porte derrière lui et s'avança dans le salon.

— Tu n'as peut-être rien à craindre des gens du cirque, mais il y a de nombreux gogos, comme vous dites, qui traînent dans le coin.

— Ce n'est pas cela qui va m'inquiéter, répondit-elle, un peu agacée par son attitude protectrice. Je ne ferme jamais ma porte.

Keane ne releva pas la note réprobatrice qui perçait dans sa voix.

— Je t'ai ramené quelque chose de Chicago, lui dit-il.

Cette simple remarque suffit à éteindre la colère de Jo aussi vite qu'elle était apparue. Elle remarqua alors le paquet cadeau qu'il tenait à la main et sentit son cœur se serrer dans sa poitrine à l'idée qu'il avait pensé à elle pendant son absence.

— Qu'est-ce que c'est ? s'enquit-elle, curieuse.

Keane sourit et lui tendit son présent.

— Il ne mord pas, remarqua-t-il comme elle hésitait à s'en emparer.

Jo ne fit pas mine de le prendre.

— Ce n'est pas mon anniversaire, objecta-t-elle sans trop savoir pourquoi elle se montrait si méfiante.

— Ce n'est pas Noël non plus, confirma Keane.

La patience dont il faisait preuve l'étonna. Apparemment, il paraissait comprendre cette hésitation qu'elle-même ne s'expliquait pas. Finalement, elle lui prit le cadeau des mains.

— Merci, lâcha-t-elle d'un ton un peu solennel.

— Il n'y a pas de quoi.

Jo déchira le papier coloré et, découvrant ce qu'il contenait, elle sentit une profonde émotion l'envahir.

— Dante, murmura-t-elle en contemplant l'ouvrage magnifiquement relié.

Presque avec révérence, elle caressa la couverture, s'imprégnant de son odeur de cuir. C'était une édition superbe aux pages dorées à l'or fin qui avait dû coûter à Keane une véritable fortune.

Avec mille précautions, elle l'ouvrit et découvrit une belle miniature représentant l'enfer et le paradis. Les pages couleur crème étaient épaisses et l'impression était de toute première qualité.

Le texte était écrit en italien et, en parcourant les premiers mots, elle retrouva la musicalité qu'elle adorait.

— Il est splendide, chuchota-t-elle, radieuse.

Levant les yeux vers Keane, elle le vit qui la regardait en souriant, ravi du bonheur que lui causait son cadeau. Brusquement, elle se sentit intimidée. C'était la première fois que l'homme qu'elle aimait lui offrait un tel présent. Et rien ne l'avait préparée à la joie que lui donnait cette expérience nouvelle.

— Je suis ravie qu'il te plaise, déclara Keane en lui effleurant doucement la joue. Mais, dis-moi, est-ce que tu rougis toujours autant lorsque tu reçois un cadeau ?

Jo hésita avant de répondre, incapable de formuler ce qu'elle éprouvait réellement.

— Je suis heureuse que tu aies pensé à moi, lui avoua-t-elle.

— A vrai dire, je n'ai pas vraiment eu le choix, rétorqua-t-il en souriant. Depuis que je t'ai rencontrée, je n'arrête pas de le faire, que je le veuille ou non.

Jo rougit de plus belle et détourna les yeux, incapable de supporter le mélange de désir et d'assurance qu'elle lisait dans son regard. Une fois de plus, il avait su la toucher au plus profond d'elle-même et elle se sentait incapable de réagir correctement.

— Je ne sais pas comment te remercier, reconnut-elle naïvement.

— Tu l'as déjà fait, répondit-il en lui prenant le livre des mains.

Il tourna quelques pages, parcourant le texte des yeux.

— Je ne comprends pas un traître mot, soupira-t-il. Si tu savais comme je t'envie.

Cette idée la prit de court. Jamais elle n'aurait imaginé qu'un homme tel que lui puisse lui envier quoi que ce soit. Cela lui paraissait même totalement surréaliste. Mais, avant qu'elle ait pu réfléchir à la question, il lui décocha un sourire radieux qui la déstabilisa encore un peu plus.

— Tu m'offres un café ? suggéra-t-il en posant précautionneusement le livre sur la table.

— Un café ? répéta-t-elle, interdite.

— Oui, tu sais, ce truc qui pousse au Brésil et que l'on mélange à de l'eau chaude.

Jo se mordit la lèvre, se sentant aussi stupide que décontenancée face à cet homme qui la rendait folle.

— Je t'en préparerais volontiers, mais je dois me doucher et me changer avant d'aller aider les autres à démonter le chapiteau. Par contre, ils doivent en avoir au réfectoire.

Keane leva les yeux au ciel comme pour le prendre à témoin.

— Tu ne penses pas qu'avec trois numéros tu en as déjà assez fait pour ce soir ? lui demanda-t-il. A ce propos, je tenais à te dire que tu étais très sexy en papillon.

— Merci, mais…

— Laisse-moi reformuler ma pensée, l'interrompit-il. En tant que propriétaire de ce cirque, je t'accorde une soirée de liberté. En tant que Keane, je te propose de faire le café pendant que tu te douches. Est-ce que ce programme te convient ?

Jo ne put s'empêcher de sourire. Il y avait parfois en lui quelque chose de désarmant et elle était impuissante à lutter contre l'envie qu'elle avait d'accepter sa proposition. D'ailleurs, songea-t-elle, après le cadeau qu'il venait de lui faire, lui offrir un café était bien la moindre des choses.

— Je m'occupe du café, se ravisa-t-elle. Mais je te préviens : tu risques de regretter amèrement celui qu'ils servent au réfectoire.

— Je prends le risque, répliqua-t-il en riant.

Il la suivit jusqu'à la petite cuisine. Là, elle remplit la bouilloire et la plaça sur la gazinière avant de sortir deux tasses du placard. C'est alors qu'elle constata avec angoisse que la pièce était si étroite que, si elle se retournait, elle se retrouverait quasiment dans les bras de Keane.

— Est-ce que tu as regardé tout le spectacle ? s'enquit-elle en sortant aussi lentement qu'elle le put le pot de café soluble et une cuillère.

Elle prit tout son temps pour verser la poudre dans les tasses, retardant autant que possible le moment où elle devrait faire face à son invité dont elle sentait la présence, juste derrière elle.

— Pas entièrement. Duffy m'a fait travailler comme accessoiriste. Comme tu me l'as dit un jour, il n'y a pas de place pour les oisifs, dans un cirque.

Malgré elle, Jo se tourna à demi pour lui décocher un sourire amusé. Presque aussitôt, elle se rendit compte qu'elle venait de commettre une terrible erreur. Le visage de Keane ne se trouvait qu'à quelques centimètres du sien et, dans ses yeux, elle décela clairement le désir qu'il avait d'elle.

Avant qu'elle ait eu le temps de se retourner, il la prit par les épaules et la força à faire demi-tour. Elle se retrouva face à lui et comprit qu'elle était à présent dos aux barreaux de la cage. Et, comme elle l'avait dit à Gerry, c'était la pire erreur que puisse commettre un dresseur.

Keane tendit les mains vers ses cheveux, qu'elle avait attachés pour pouvoir se démaquiller, et il lui ôta son élastique, libérant une cascade de mèches couleur de jais. Il plongea ses doigts dans cet amas soyeux, et sourit.

— J'avais envie de faire cela depuis que je t'ai vue, ce matin, lui avoua-t-il.

Sa voix était grave et aussi douce que du velours et ses doigts d'une délicatesse infinie. Jo lutta contre l'envie qu'elle avait de fermer les yeux et de s'abandonner à ses caresses. Chaque fois qu'elle se trouvait aussi près de lui, elle sentait sa volonté faiblir et perdait tous ses repères.

Incapable de lui résister, elle se noya dans ses beaux yeux bruns au sein desquels brillait une flamme qui éveillait en elle un besoin impérieux. Sur ses lèvres, elle sentait trembler le souvenir délicieux des baisers qu'ils avaient échangés et l'espoir de ceux qu'elle voulait encore recevoir.

La bouilloire se mit alors à siffler, la rappelant brusquement à la réalité.

— C'est prêt, articula-t-elle avec difficulté.

Elle essaya de se retourner, mais Keane ne la laissa pas lui échapper aussi facilement. Se penchant en avant, il éteignit la gazinière et elle se retrouva ainsi pressée contre lui. Le sifflement diminua progressivement avant de mourir complètement.

— Est-ce que tu veux toujours du café ? demanda-t-elle d'une voix étranglée tandis que les doigts de Keane dessinaient sur sa gorge d'envoûtantes arabesques.

Il la regarda droit dans les yeux et sourit.

— Apparemment, non, murmura-t-elle, partagée entre l'angoisse et le désir insatiable qui montait en elle.

Keane continua à la caresser doucement, éveillant sur sa peau mille frissons.

— Tu trembles, remarqua-t-il avant d'effleurer ses lèvres. Est-ce parce que tu as peur ou parce que tu as envie de moi ?

— Les deux, reconnut-elle.

Elle sentit sa main se poser doucement sur sa poitrine et ne put retenir un petit soupir de bien-être. Il devait sentir les battements précipités de son cœur contre sa paume.

— Est-ce que… ?

Elle rassembla son courage, trouvant la force d'affronter son regard.

— Est-ce que tu vas me faire l'amour ?

Elle crut voir ses pupilles se dilater tandis que ses yeux prenaient soudain une teinte plus foncée.

— Ma belle et tendre Jo, souffla-t-il en se penchant vers elle, comment pourrais-je y résister ?

Il l'embrassa tendrement et elle fut instantanément submergée par un flot de sensations désormais familières. Et, lorsqu'elle lui rendit son baiser, la douceur ne tarda pas à céder la place à une incontrôlable passion.

Jo savait qu'elle était en train de commettre une folie. En faisant l'amour avec Keane, elle lui ouvrirait en grand les portes de son cœur et s'exposerait à une souffrance terrible. Mais elle comprit qu'il était sans doute déjà trop tard. Comme le lui avait dit Pete, elle regretterait toute sa vie son manque d'audace si elle le repoussait maintenant.

Renonçant à contrôler les émotions qui l'envahissaient, elle s'abandonna donc avec autant de résignation que d'euphorie au désir brûlant qu'elle avait de lui.

Comme s'il avait senti sa reddition, Keane se fit alors plus doux, cultivant l'envie de Jo, la faisant croître progressivement. Il l'entraînait toujours plus loin, lui faisait découvrir des sensations qu'elle n'avait encore jamais éprouvées.

Lorsqu'il fit glisser la fermeture Eclair de son costume de scène, elle ne s'en rendit même pas compte. Et ce ne fut que lorsque ses lèvres quittèrent sa bouche pour se poser sur l'un de ses seins qu'elle constata qu'elle était à demi nue entre ses bras.

Mais avant qu'elle n'ait eu le temps de recouvrer un semblant de pudeur, elle sentit la langue de Keane effleurer sa peau et renversa la tête en arrière pour mieux s'offrir à lui. Incapable de résister à ses caresses, elle plongea les doigts dans ses cheveux blonds et soyeux, le pressant contre son corps.

Des gémissements sourds s'échappaient de ses lèvres tandis qu'il faisait grandir en elle un désir qui irradiait dans chacun de ses membres et faisait courir en elle de longs frissons de pur bonheur.

Il prenait son temps, ne pouvant se rassasier de la vue de sa poitrine offerte, du goût sucré de sa peau brûlante, de l'intensité avec laquelle elle répondait à chacun de ses gestes. Lorsqu'il se redressa enfin et l'embrassa de nouveau, elle répondit à son baiser avec une fougue sauvage, presque primitive.

En cet instant, l'envie qu'ils avaient l'un de l'autre était si impérieuse qu'elle confinait à la douleur. Mais comme les doigts fiévreux de Jo commençaient à déboutonner la chemise de Keane, il recula légèrement.

Croyant qu'il cherchait à lui échapper, elle lui entoura le cou de ses bras et l'embrassa avec ardeur. Mais il la repoussa de nouveau et elle s'aperçut alors que quelqu'un frappait vigoureusement à la porte de la caravane. Elle hésita un instant, mais son visiteur n'avait apparemment pas l'intention de se décourager.

— Ce doit être grave, avança Keane d'une voix que le désir et la frustration rendaient si rauque qu'elle avait presque du mal à la reconnaître.

Rajustant ses vêtements d'une main tremblante, elle prit une profonde inspiration, cherchant à remettre un semblant d'ordre dans ses pensées en déroute. Puis, d'un pas mal assuré, elle se dirigea vers la porte. Keane s'écarta pour la laisser passer et lui emboîta le pas.

Sur le seuil, ils découvrirent Buck, qui arborait une mine sombre.

— Qu'y a-t-il ? demanda-t-elle, inquiète.

— Jo, murmura-t-il d'un ton défait, c'est Ari…

A peine avait-il prononcé ces mots qu'elle se précipita vers la ménagerie, le cœur battant à tout rompre. Là, elle trouva Pete et Gerry agenouillés devant la cage du vieux lion.

— Est-ce qu'il est… ? commença-t-elle.

Mais sa voix se brisa avant qu'elle ne puisse finir sa phrase. Pete se redressa et la regarda d'un air désolé.

— Pas encore, soupira-t-il. Mais j'ai bien peur que ce soit la fin, cette fois.

L'espace d'un instant, Jo fut tentée de lui rétorquer qu'il se trompait, qu'Ari s'en sortirait et qu'ils reprendraient la route ensemble. Mais ce qu'elle lut dans les yeux de son assistant ne laissait place à aucun doute. Il était temps de dire adieu à son vieil ami.

Effondrée, elle s'avança vers la cage. Ari y était allongé, pantelant. Sa respiration rauque et sifflante ne laissait aucun doute quant à l'issue fatale de la maladie qui le rongeait depuis des mois.

— Ouvre-moi, ordonna-t-elle à Pete.

— Pas question que tu entres là-dedans ! s'exclama alors Keane, qui l'avait suivie avec Buck.

Il la prit par les épaules, la forçant à lui faire face.

— J'irai, lui dit-elle d'un ton qui n'admettait pas de réplique. Ari ne me fera aucun mal. Ni à moi ni à personne… Il est en train de mourir et je veux lui dire au revoir. Alors laisse-moi tranquille !

Se tournant vers Pete, elle lui jeta un regard menaçant.

— Ouvre ! répéta-t-elle.

A contrecœur, il s'exécuta et Jo s'arracha aux bras de Keane pour s'approcher de la cage. Se courbant, elle y pénétra et s'accroupit auprès d'Ari. Le vieux lion réagit à peine, se contentant de la regarder. Dans ses yeux, elle lut un mélange de souffrance et de résignation qui lui serra le cœur.

— Ari, murmura-t-elle en tendant la main vers lui.

Elle caressa doucement son flanc et il répondit à ce geste par un léger gémissement. Elle sentait le rythme irrégulier des battements de son cœur sous ses doigts et de grosses larmes coulèrent le long de ses joues. Déchirée, elle entoura de ses bras le cou de l'animal et nicha son visage contre sa crinière. Elle se souvenait du fauve qu'il avait été, de sa fierté, de sa force et de l'impression de beauté sauvage qui se dégageait de lui.

Se redressant lentement, elle se tourna alors vers les quatre hommes qui l'observaient à l'extérieur de la cage.

— Buck, articula-t-elle d'une voix brisée, va

me chercher la trousse à pharmacie et prépare une seringue.

Son assistant hésita un instant avant de hocher tristement la tête.

— Je m'en occupe, Jo.

Pendant qu'il courait à l'infirmerie, elle s'assit auprès de son vieux compagnon et le caressa affectueusement, sentant affluer en elle mille souvenirs des moments qu'ils avaient vécus ensemble. Finalement, Buck la rejoignit dans la cage.

— Laisse-moi le faire, Jo, proposa-t-il gravement.

Elle secoua la tête et tendit la main vers la seringue.

— Jo ! protesta Keane d'une voix très douce en agrippant les barreaux de la cage. Tu n'es pas obligée de faire ça.

Ses yeux ressemblaient tant à ceux d'Ari qu'elle fut secouée d'un nouveau sanglot.

— C'est mon chat, gémit-elle. J'ai dit que ce serait moi qui le ferais lorsque le moment serait venu. Et il est arrivé. Donne-moi cette seringue, Buck.

Son assistant s'exécuta et déserta la cage pour la laisser seule avec Ari. Ce dernier ne quittait pas Jo du regard. Dans ses yeux, elle devinait encore cette lueur sauvage et indomptée qu'elle aimait tant.

Mais elle lisait aussi de la confiance et cela lui donnait envie de pleurer.

— Tu étais le meilleur, lui dit-elle d'une voix rendue tremblante par l'émotion. Tu as toujours été le meilleur. Mais tu es fatigué, aujourd'hui, Ari. Et je vais t'aider à trouver un peu de repos. Tu l'as bien mérité.

Se cuirassant contre le chagrin qui l'habitait, elle retira le capuchon qui protégeait l'aiguille de la seringue.

— Cela ne te fera pas mal, Ari, reprit-elle. Plus rien ne te fera jamais mal…

Elle prit une profonde inspiration, rassemblant son courage, et essuya les larmes qui lui brouillaient la vue. Puis, d'un geste sec, elle enfonça la seringue dans l'épaule de son lion. Il émit à peine un gémissement tandis qu'elle pressait lentement le piston, laissant s'écouler dans ses veines le liquide mortel.

Lorsqu'elle eut terminé, elle resta immobile auprès de lui, caressant sa crinière tandis qu'il continuait à la fixer. Son regard se voila peu à peu, tandis que sa respiration se faisait plus faible puis cessait complètement, et il demeura parfaitement immobile.

Jo fut parcourue d'un violent frisson et étreignit convulsivement sa crinière. Puis, lentement, elle se redressa et gagna la porte de la cage. Elle sortit et referma la porte derrière elle par réflexe.

Keane la prit alors par le bras pour la reconduire jusqu'à sa caravane.

— Occupez-vous de lui, lança-t-il à Buck en désignant des yeux le lion mort.

— Non, protesta faiblement Jo. C'est à moi de le faire.

— Pas question ! s'insurgea Keane en l'entraînant de force.

— Tu n'as pas à me dire ce que je dois faire, répliqua-t-elle durement.

Elle essaya de se dégager, mais il résista sans difficulté.

— C'est pourtant ce que je vais faire.

— Laisse-moi tranquille ! s'exclama-t-elle, incapable de retenir les sanglots qui la secouaient à présent.

Keane s'arrêta et la prit par les épaules. Dans ses yeux, elle vit se refléter la lueur de la lune.

— Il n'est pas question que je te laisse seule alors que tu es bouleversée, lui dit-il gravement.

— Je ne vois pas en quoi cela peut bien te concerner !

Sans répondre, Keane l'entraîna jusqu'à la caravane dans laquelle il la fit entrer. Jo aurait voulu être seule et pouvoir pleurer Ari. C'était son deuil et ses larmes, et il n'avait pas le droit de les lui voler.

— Va-t'en ! s'exclama-t-elle en le voyant pénétrer à son tour dans le salon.

— Pas tant que je ne serai pas certain que tu vas bien, repartit calmement Keane.

— Je vais bien, mentit-elle. Ou, du moins, j'irai parfaitement bien lorsque tu te décideras enfin à me laisser tranquille. Tu n'as pas à te mêler de mes affaires !

— Tu me l'as déjà dit.

— J'ai fait ce que j'avais à faire, déclara-t-elle en luttant contre les larmes qu'elle se refusait à verser devant lui.

Elle s'efforça de calmer le rythme de sa respiration haletante.

— J'ai achevé un animal qui souffrait. Rien de plus. Cela fait partie de mes responsabilités en tant que dresseur.

Sa voix se brisa et elle se détourna brusquement.

— Je t'en prie, Keane, va-t'en.

Elle était à présent incapable de retenir les sanglots qui la secouaient. Se détestant pour cette preuve de faiblesse, elle pressa les paumes de ses mains contre son visage et ferma les yeux.

— Je ne veux pas que tu restes là, murmura-t-elle.

Elle le sentit passer ses bras autour de ses épaules et la serrer contre lui.

— Non, souffla-t-elle.

Mais il commença à la bercer doucement comme une enfant qu'il aurait voulu consoler.

— Tu as fait quelque chose de très courageux, Jo. Je sais à quel point tu aimais Ari. Et j'imagine combien il a dû être dur pour toi de le laisser partir de cette façon. Il est parfaitement normal que tu souffres. Mais je ne t'abandonnerai pas.

— Je ne veux pas pleurer devant toi, protesta-t-elle faiblement.

— Je sais.

Et il se mit à lui caresser doucement les cheveux.

Vaincue, elle nicha son visage au creux de son épaule et agrippa sa chemise convulsivement, laissant libre cours à son chagrin.

— Pourquoi faut-il toujours que je perde ceux que j'aime ? fit-elle en sanglotant. Ce n'est pas juste.

Keane ne répondit pas, se contentant de la serrer contre lui tandis qu'elle pleurait sans s'arrêter. Finalement, il la souleva et la porta jusqu'au canapé sur lequel il l'allongea précautionneusement. Il resta alors auprès d'elle, caressant tendrement ses cheveux comme elle avait caressé la crinière d'Ari, sachant qu'il ne parviendrait jamais à soulager la douleur qu'elle éprouvait en cet instant.

Finalement, après un long moment, il sentit qu'elle s'était immobilisée contre lui et s'écarta légèrement pour la contempler. Brisée par la tristesse, elle avait fini par s'endormir.

Il attendit quelques instants avant de dégager doucement sa chemise qu'elle serrait toujours dans son poing à demi clos. Puis, le cœur lourd, il la souleva de nouveau et la porta jusque dans sa chambre.

Chapitre 8

Lorsque Jo se réveilla, il faisait déjà jour. Le soleil brillait de tous ses feux et, à travers la fenêtre entrouverte, lui parvenait le pépiement des oiseaux. Elle en conclut que ce devait être lundi puisque c'était le seul jour de la semaine où elle pouvait dormir après l'aube.

Langoureusement, elle s'étira et essaya de chasser la délicieuse léthargie qui habitait chacun de ses membres. Puisque le cirque faisait relâche comme tous les lundis et qu'elle se sentait lasse, elle s'autoriserait peut-être deux heures de lecture. Qui sait ? Elle pourrait même aller faire un tour dans la ville près de laquelle ils s'étaient arrêtés et en profiter pour voir un film. Ensuite, elle répéterait le numéro avec les chats et…

Elle se figea brusquement alors que le souvenir des événements de la veille lui revenait d'un seul coup.

— Ari, murmura-t-elle, sentant sa tristesse resurgir, presque aussi poignante que la veille.

Elle revit le vieux lion prostré dans sa cage et la confiance avec laquelle il l'avait regardée tandis que la vie désertait lentement son corps fatigué. Jo soupira, sentant lentement refluer son chagrin qui laissait place à une sombre résignation.

Elle se rappela alors l'insistance de Keane, qui avait tenu à rester auprès d'elle, et comprit combien sa présence l'avait aidée à résister à la souffrance insupportable qui l'avait assaillie à la mort de son vieil ami.

Il avait accepté sans mot dire sa colère, puis ses larmes, la soutenant dans cette terrible épreuve. Elle se souvint du contact rassurant de sa poitrine, de la force de ses bras tandis qu'il la serrait contre lui. Elle s'était endormie bercée par le rythme puissant et régulier de son cœur. Et, plus tard, lorsqu'elle s'était réveillée en sursaut au milieu de la nuit, il se trouvait toujours auprès d'elle et lui avait apporté à boire.

Un nouveau trille retentit au-dehors, la rappelant soudain à la réalité. Elle se souvint qu'on était jeudi et non lundi, comme elle l'avait d'abord pensé. Comment pouvait-elle avoir dormi si tard ?

Se levant précipitamment, elle quitta son lit et sortit de sa chambre en courant. Dans le salon, elle manqua de percuter Keane, qui la rattrapa avant qu'elle ne trébuche.

— Je pensais bien t'avoir entendue bouger, lui dit-il en lui décochant le plus radieux des sourires.

Elle le regarda avec stupeur.

— Mais qu'est-ce que tu fais là ? parvint-elle enfin à articuler.

— Je préparais du café, répondit-il comme si c'était la chose la plus naturelle du monde. Est-ce que ça va mieux ?

— Oui, acquiesça-t-elle en portant la main à son front. Mais je suis un peu désorientée. J'ai dormi plus que je n'aurais dû et cela ne m'était encore jamais arrivé.

— C'est parce que je t'ai donné un somnifère.

Il la prit par les épaules et la conduisit vers la cuisine.

— Un somnifère ? répéta-t-elle, interdite. Mais je ne me le rappelle pas…

— Je l'ai mis dans le verre d'eau que tu m'as demandé, précisa-t-il en s'emparant de la bouilloire qui commençait à siffler sur la gazinière.

Il versa l'eau dans deux tasses où il venait de mettre un peu de café soluble.

— Je me suis dit que, si je te demandais de le prendre, tu refuserais sans doute.

— Et tu avais raison. Je n'ai jamais pris de somnifère de ma vie.

— C'est maintenant chose faite, répliqua-t-il en souriant.

Il lui tendit l'une des tasses qu'elle porta machinalement à ses lèvres.

— Tu t'es endormie comme un enfant, mais j'avais peur que tu ne fasses une insomnie si tu te réveillais pendant la nuit. Alors, après t'avoir portée dans ton lit et changée, je suis allé chercher un somnifère à l'infirmerie.

— Changée ? répéta Jo.

Elle constata alors qu'elle portait effectivement sa chemise de nuit qu'elle ne se souvenait pas avoir enfilée.

— Je ne pense pas que tu aurais été très à l'aise dans ton costume de scène.

Il but un peu de café et sourit en la voyant porter pudiquement la main à sa poitrine.

— Ne t'en fais pas, je n'ai pas regardé. Ce n'était pas la première fois que je déshabillais une femme dans l'obscurité.

Jo se raidit et serra les dents, se sentant légèrement humiliée.

— Tu avais besoin d'une bonne nuit de sommeil, poursuivit Keane d'un ton plus conciliant. Tu étais épuisée, physiquement et nerveusement.

Sans lui répondre, Jo se leva et gagna la fenêtre. Elle s'aperçut alors que la prairie était déserte. Elle avait vraiment dû dormir profondément pour ne pas entendre les autres lever le camp.

— Il ne reste plus que le camion contenant le générateur central, expliqua Keane. Les techniciens se mettront en route dès que tu n'auras plus besoin du courant.

Jo se sentit brusquement terriblement vulnérable. A plusieurs reprises, au cours de la nuit précédente, elle avait perdu le contrôle d'elle-même, alors qu'elle était habituée à conserver à tout moment une parfaite maîtrise de ses actes. Et, chaque fois, Keane avait été là pour elle.

Elle aurait sans doute dû lui en vouloir pour la façon dont il avait envahi son intimité, mais elle en était incapable. Car c'était elle qui avait eu besoin de lui.

— Tu n'étais pas obligé de rester en arrière, Keane.

— Je n'étais pas certain que tu serais en état de conduire soixante-quinze kilomètres, expliqua-t-il. J'ai demandé à Pete de s'occuper de ma caravane.

Il vit ses épaules se soulever doucement. Puis elle se retourna. La lumière du soleil laissait deviner sa silhouette enchanteresse à travers le fin tissu de la chemise de nuit et il ne put s'empêcher d'admirer les courbes modestes et gracieuses de son corps.

— J'ai été terriblement dure avec toi, hier soir, déclara-t-elle d'une voix chargée de regrets.

— Tu étais bouleversée. C'était tout à fait compréhensible.

— Je suppose, répondit-elle, les yeux emplis d'un profond chagrin. Ari comptait beaucoup pour moi. Il était tout ce qui me restait de mon père et de mon enfance. Je savais bien qu'il finirait par partir, mais je n'avais jamais osé regarder la réalité en face et prendre vraiment la mesure de ce que cela signifierait pour moi.

Elle baissa les yeux vers la tasse qu'elle serrait convulsivement entre ses doigts et regarda monter un léger panache de vapeur.

— Ce qui compte, c'est qu'hier Ari a cessé de souffrir. Il serait cruel de ma part de souhaiter que les choses se soient passées différemment. Et j'ai eu tort de m'en prendre à toi. Je suis désolée.

— Je ne veux pas de ces excuses, Jo, protesta-t-il vivement.

— Mais moi, je te les présente quand même et j'aimerais que tu les acceptes. Tu as été adorable avec moi.

A sa grande surprise, Keane étouffa un juron et se détourna.

— Je ne veux pas non plus de ta gratitude, lança-t-il durement. Je ne mérite rien de tout cela.

Se levant, il alla se resservir du café.

— Je crois que si, rétorqua-t-elle.

Elle s'avança vers lui.

— Keane…, chuchota-t-elle.

Elle posa sa tasse sur la table et mit doucement la main sur son bras. Lorsqu'il se retourna enfin, elle suivit son instinct et posa sa joue sur son épaule avant de l'entourer de ses bras.

Il se raidit et elle crut un instant qu'il allait la repousser. Puis il poussa un profond soupir et se détendit, l'attirant encore un peu plus près de lui.

— Je ne sais jamais à quoi m'attendre avec toi, murmura-t-il.

Il souleva son visage, elle ferma les yeux pour lui offrir ses lèvres entrouvertes. Il les effleura d'un baiser.

Mais alors qu'elle s'attendait à ce qu'il approfondisse son baiser, qu'il prenne enfin possession de ses lèvres, il recula.

— Tu ferais mieux d'aller t'habiller. Nous nous arrêterons en ville et je t'achèterai un bon petit déjeuner.

Il avait parlé d'une voix amicale, mais dépourvue de passion. Abasourdie par son attitude mais rassurée de voir qu'il ne paraissait plus en colère contre elle, Jo hocha la tête et se dirigea vers sa chambre.

Lentement, l'été succéda à l'hiver tandis que le cirque poursuivait son chemin vers le nord. Le soleil brillait à présent longtemps après le lever de rideau, et les averses se faisaient plus rares. Pendant tout le mois de juin, le cirque Prescott parcourut les routes de la Caroline du Nord et du Tennessee.

Au cours de ces semaines, Jo fut très étonnée par le revirement d'attitude de Keane à son égard. Il avait apparemment renoncé à l'entreprise de séduction qu'il avait menée depuis qu'ils s'étaient rencontrés.

En fait, il se conduisait simplement en ami. Ils plaisantaient ensemble, discutaient pendant des heures, parlaient du cirque et de leurs vies respectives, travaillaient parfois côte à côte lorsqu'il fallait monter ou démonter le chapiteau.

Mais il ne chercha plus jamais à l'embrasser. Elle en venait parfois à se demander si elle n'avait pas rêvé leur étreinte passionnée dans sa caravane ou les baisers qu'ils avaient échangés auparavant. L'avait-il seulement désirée un jour ? A voir la façon dont il la traitait à présent, rien n'était moins certain.

A deux reprises, Keane dut retourner à Chicago pour s'occuper de ses affaires. Mais, cette fois, il ne lui rapporta aucun présent.

Celle-ci essaya de se résigner, de se convaincre qu'au fond tout était pour le mieux. Au moins, Keane Prescott ne risquerait plus de lui briser le cœur. Hélas, ce raisonnement ne suffisait pas à atténuer la souffrance sourde qu'elle ressentait au plus profond d'elle-même.

Elle était amoureuse d'un homme qui ne la désirait même pas.

La veille de la fête de l'Indépendance, Jo passa plusieurs heures à se retourner dans son lit sans trouver le sommeil. Finalement, pour se changer les idées, elle sortit le livre de Dante que lui avait offert Keane. Mais cela ne fit qu'empirer les choses. Le reposant sur sa table de chevet, elle se contenta donc de fixer le plafond.

Il était temps d'en finir, se dit-elle. Elle ne pouvait plus continuer à espérer que Keane changerait brusquement d'attitude à son égard. Il ne ferait jamais partie de sa vie. C'était aussi simple que cela.

Après tout, il ne lui avait jamais rien promis. Il n'avait pas parlé d'amour. Il ne lui avait rien offert d'autre que quelques baisers. Il ne lui avait rien pris. Et il n'avait pas cherché à lui faire de mal.

C'était peut-être le pire, songea-t-elle tristement. S'il avait profité de sa naïveté, s'il avait abusé de sa confiance, elle aurait pu le haïr. S'il lui avait offert son amour pour le lui retirer ensuite, elle aurait pu le pleurer.

Mais il n'avait fait qu'effleurer sa vie.

Malheureusement pour elle, cela avait suffi à éveiller en elle mille désirs qu'elle ne pourrait jamais assouvir. Jamais elle ne ferait l'amour avec lui. Jamais plus elle ne goûterait à ses baisers. Jamais elle ne verrait le désir assombrir ses prunelles.

A cette pensée, une impression de vide vertigineux l'envahit et elle ferma les yeux.

Elle essaya d'imaginer ce qu'elle aurait ressenti s'il l'avait abandonnée après avoir noué une liaison avec elle. Aurait-ce vraiment été plus douloureux ? N'aurait-elle pas gardé au moins quelques souvenirs des moments de bonheur qu'ils auraient passés ensemble ?

Ces questions ne la menaient nulle part. Le mieux, décida-t-elle, c'était de conserver de lui l'image de cette nuit où il l'avait consolée et soutenue, de la gentillesse dont il avait fait preuve à son égard sans rien attendre en échange.

S'il avait décidé de se conduire en ami, elle respecterait sa décision. Et s'il finissait par repartir un jour pour Chicago, le mieux qu'elle puisse faire était de profiter de cette amitié autant qu'elle le pourrait.

Ces mots paraissaient peut-être creux, mais c'était tout ce qui lui restait.

Chapitre 9

Le 4 Juillet était presque un jour comme les autres pour les gens du cirque. Comme d'habitude, ils partiraient à l'aube, voyageraient jusqu'à la prochaine étape de leur long périple, monteraient le grand chapiteau, organiseraient la parade et donneraient deux représentations.

Mais il y avait aussi une foule de petites différences. Les éléphants porteraient des plumes bleues, blanches et rouges au sommet de leur coiffe et un grand feu d'artifice serait organisé pour clôturer la soirée.

Le cirque Prescott fêtait toujours le jour de l'Indépendance près de la même ville, dans le Tennessee. C'était une tradition qui remontait à sa création et qui profitait autant aux membres de la troupe qu'aux citadins. Car la soirée attirait nombre de gens venus de tout l'Etat et les recettes étaient généralement plus que confortables.

Jo attaqua la journée à l'aube, bien décidée à faire preuve d'un inaltérable enthousiasme. Elle ne permettrait pas que la distance qui s'était creusée entre Keane et elle gâche ce qui devait être l'un des temps forts de l'été. D'autant que broyer du noir ne l'aiderait en rien à résoudre ses problèmes.

Heureusement, il y avait beaucoup à faire et la journée s'écoula rapidement. Entre l'installation du campement, les répétitions, la préparation de la soirée et la parade, Jo fut très occupée et elle ne vit pas le temps passer.

Entre les deux représentations, la pression retomba quelque peu et les membres de la troupe en profitèrent pour se détendre un peu. Certains se contentèrent de s'installer sur l'herbe, au soleil, et de deviser tranquillement, d'autres répétèrent leurs numéros.

Jo observa la toilette des éléphants qui constituait toujours un moment amusant de la vie du cirque. Invariablement, Maggie ou l'un des pachydermes les plus âgés profitait de ce bain pour arroser cordialement les personnes chargées de les laver. La plupart du temps, ils concentraient leurs jets d'eau sur les plus inexpérimentés d'entre eux. Jo avait toujours soupçonné les dresseurs plus aguerris d'encourager les éléphants, mais personne n'était jamais parvenu à démontrer leur duplicité dans cette histoire.

Tandis qu'elle contemplait cette scène en souriant, Jo repéra Duffy, qui se trouvait en pleine conversation avec un homme aussi petit que lui mais deux fois plus gros. C'était le genre de silhouette que Frank avait tendance à qualifier ironiquement de « rançon du succès ».

L'homme avait le teint rougeaud et de petits yeux qu'il abritait de sa main potelée pour les protéger de l'éclat du soleil. Il s'exprimait avec force gestes et Jo se demanda s'il essayait de vendre quelque chose à Duffy. Ce dernier paraissait fulminer intérieurement et elle se rapprocha pour voir de quoi ils pouvaient bien discuter.

— Je vous l'ai dit, Carlson. Nous avons déjà payé pour le stockage. J'ai ici un reçu dûment signé. Et nous étions convenus que les frais de livraison s'élèveraient à mille cinq cents dollars et non deux mille.

Carlson tira sur la cigarette sans filtre qu'il était en train de fumer avant de l'écraser à terre.

— C'est Myers que vous avez payé pour le stockage, déclara-t-il posément. Pas moi. J'ai acheté cet entrepôt voilà six semaines et je ne suis pas responsable du fait que vous avez payé à l'avance.

Du coin de l'œil, Jo vit Keane se rapprocher des deux hommes. Pete était en train de lui parler et il hochait la tête, apparemment d'accord avec ce que lui disait son assistant. Il s'arrêta alors et jeta un regard attentif à Carlson ; Jo comprit qu'il était en train de l'évaluer avant de l'aborder. Il se remit en marche et la dépassa.

— Salut, Jo.

Elle lui emboîta le pas, curieuse.

— Que se passe-t-il, exactement ?

— C'est justement ce que je voudrais savoir, répondit Keane.

Il se planta devant Carlson et Duffy.

— Messieurs, les salua-t-il d'un air décontracté. Il y a un problème ?

— Cet homme me demande de payer pour le stockage des feux d'artifice alors que je l'ai déjà fait, s'exclama Duffy, révolté. Et il exige deux mille dollars au lieu des mille cinq cents prévus !

— C'est Myers qui vous avait donné son accord pour quinze cents dollars, insista Carlson avec un sourire carnassier. Moi, je n'ai rien signé. Si vous voulez vos feux d'artifice, il va vous falloir payer. Et *cash* ! Qui est ce type ? ajouta-t-il en désignant Keane du pouce.

Celui-ci s'approcha et, d'un air faussement cordial, posa la main sur l'épaule de Carlson.

— Keane Prescott, se présenta-t-il. Je suis le propriétaire du cirque. Peut-être pourrais-je vous aider à éclaircir cette affaire.

— Prescott, répéta Carlson en l'observant attentivement.

Avisant le visage amical et souriant de Keane, il jugea l'affaire entendue.

— Avec plaisir, déclara-t-il en serrant la main qu'il lui tendait. Jim Carlson. Enchanté de faire votre connaissance, monsieur Prescott. C'est un beau cirque que vous avez là ! Ma femme et moi venons le voir tous les ans. Enfin, je constate que vous êtes un homme d'affaires comme moi et je pense que nous allons pouvoir régler cette question une fois pour toutes. J'ai stocké vos feux d'artifice dans l'entrepôt que j'ai racheté à Myers, il y a de cela six semaines. Il avait apparemment conclu un contrat avec M. Duffy à ce sujet. Mais je ne peux pas en être tenu pour responsable, n'est-ce pas ?

Carlson décocha un sourire mielleux à Keane, qui se garda bien de l'interrompre.

— Quant aux frais de livraison, reprit-il, eh bien… Vous savez que l'essence n'arrête pas d'augmenter, ces derniers temps. Mais je suis sûr que nous pourrons trouver un accord là-dessus quand nous aurons réglé la question du stockage. Qu'en pensez-vous ?

Keane hocha la tête en souriant cordialement au petit homme.

— Cela me paraît raisonnable, concéda-t-il en ignorant Duffy, qui bouillait de rage. Essayons de résoudre ensemble votre problème.

— Mon problème ? répéta Carlson, étonné. Je dirais plutôt le vôtre. A moins que vous ne vouliez pas de ces feux d'artifice, bien sûr.

— Ne vous en faites pas, nous les aurons, monsieur Carlson, répondit Keane sans se départir de son sourire. Mais selon le paragraphe 3 de la section 5 du Code des petites et moyennes entreprises, l'acquéreur d'un actif immobilier est légalement tenu de respecter toutes les obligations y afférant telles que contrats, accords verbaux, hypothèques ou baux négociés par le précédent propriétaire jusqu'à ce que lesdits contrats, accords verbaux, hypothèques ou baux viennent à leur terme ou que la propriété de l'actif soit de nouveau transférée.

Carlson resta bouche bée et Jo eut beaucoup de mal à retenir un éclat de rire devant sa mine stupéfaite.

— Bien sûr, nous ne porterons pas cette affaire à la connaissance du tribunal, si vous nous livrez les marchandises comme convenu, ajouta Keane d'un ton affable. Mais cela ne résout pas vraiment votre problème.

— Quel problème ? bégaya Carlson, dont le visage était passé de l'écarlate au bordeaux en quelques secondes. Je n'ai pas de problème !

— Bien sûr que si, monsieur Carlson, objecta Keane, presque obséquieux. Même si je suis bien certain que vous n'aviez pas l'intention d'enfreindre la loi.

— Qu'est-ce que vous voulez dire ? bredouilla le petit homme, de plus en plus inquiet.

— Que vous avez stocké ces feux d'artifice sans autorisation.

— Mais Myers devait bien en avoir une, protesta Carlson. Puisqu'il les gardait chaque année…

— C'est là que vous commettez une erreur, monsieur Carlson, répondit Keane en hochant la tête d'un air désolé. Vous voyez, le paragraphe 6 de la section 5 du Code stipule très clairement que les licences, permis et autorisations afférant à un actif mobilier ne sont pas directement transférables. Le nouvel acquéreur peut demander leur renouvellement auprès de ceux qui ont accordé ces licences, permis ou autorisations, mais, s'il ne le fait pas, ils sont considérés comme caduques. Si je ne me trompe pas, l'amende encourue en cas de non-respect de cet article est assez lourde, d'ailleurs…

— L'amende ? répéta Carlson, qui avait sorti son mouchoir pour tamponner son front couvert de sueur.

— Ecoutez, monsieur Carlson, poursuivit impitoyablement Keane, voici ce que je vous suggère. Livrez-nous ces feux d'artifice comme prévu et personne n'en saura rien. Après tout, je ne vois pas l'intérêt de mêler un juge à toute cette histoire. Je suis certain que votre erreur est involontaire. Et puis nous sommes des hommes d'affaires, n'est-ce pas ?

Carlson était si inquiet qu'il ne perçut même pas le sarcasme qui pointait sous le ton onctueux de Keane.

— Nous disions donc quinze cents dollars pour la livraison, c'est cela ? conclut ce dernier avec un sourire conciliant.

Le petit homme hocha la tête.

— Parfait. Vous serez payé dès que nous aurons les feux d'artifice, dans ce cas. Je suis ravi d'avoir pu vous être utile.

Soulagé, Carlson se dirigea vers son camion qui était garé un peu plus loin dans le champ. Dès qu'il fut hors de portée de voix, Jo, Pete et Duffy éclatèrent de rire.

— C'était vrai ? demanda Pete lorsqu'il recouvra enfin son sérieux.

— Quoi donc ? demanda Keane, un peu surpris par cette hilarité générale.

— Le paragraphe 3 de la section 5 ?

— Je n'en ai jamais entendu parler, répondit-il avec aplomb.

Jo le regarda avec stupeur.

— Tu as tout inventé ! s'exclama-t-elle, admirative.

— Probablement, concéda-t-il.

— C'est le meilleur coup de bluff auquel j'ai assisté depuis de longues années, commenta Duffy en décochant une claque complice dans le dos de Keane. Vous devriez vraiment vous lancer dans les affaires.

— C'est ce que je viens de faire, apparemment, répliqua-t-il avec un sourire malicieux.

— En tout cas, déclara Pete, visiblement impressionné, si jamais j'ai besoin d'un avocat un jour, je saurai à qui m'adresser ! Et, en vous voyant bluffer, je me dis que vous devez faire un sacré joueur de poker. Passez au réfectoire, ce soir. J'organise une petite partie. Allez, viens, Duffy. Il faut absolument que nous allions raconter ça à Buck !

Ils s'éloignèrent en direction de la ménagerie et Jo se tourna vers Keane. Elle savait qu'il venait d'être définitivement accepté. Auparavant, il n'avait été considéré que comme le propriétaire, un citadin qui ne faisait pas vraiment partie de leur monde.

A présent, il était l'un d'entre eux.

— Bienvenue à bord, lui dit-elle en souriant.

— Merci, répondit-il, comprenant précisément ce qu'elle voulait dire par là.

— Nous nous verrons ce soir à la table de poker, apparemment. N'oubliez pas d'apporter votre argent.

Elle se détourna pour s'éloigner, mais il la prit par le bras.

— Jo…, commença-t-il, la surprenant par l'intensité qu'elle percevait dans son regard.

— Oui ?

Il parut hésiter quelques instants puis secoua la tête.

— Non, peu importe, éluda-t-il. Nous nous verrons tout à l'heure.

Sur ce, il effleura sa joue du bout des doigts et tourna les talons, la laissant plus perplexe que jamais.

Impassible, Jo étudiait son jeu. Elle venait d'être servie et il ne lui manquait plus qu'une carte pour obtenir une quinte flush à cœur. D'un air neutre, elle parcourut des yeux la table de jeu. Duffy fumait un cigare, ne se souciant visiblement pas outre mesure du tas de jetons qui diminuait régulièrement devant lui.

Pete mastiquait son chewing-gum avec sa nonchalance habituelle. Amy, la femme de l'avaleur de sabres, était assise à côté de lui. Juste à sa droite, il y avait Jamie, puis Raoul. Le voisin de Jo n'était autre que Keane, qui, comme Pete, gagnait régulièrement.

Les jetons cliquetèrent sur la table alors que tous misaient au fur et à mesure. Jo changea une carte et eut la chance de tirer un cinq de cœur. Elle le glissa dans son jeu sans même un battement de paupières qui aurait pu trahir sa satisfaction.

C'était Frank qui lui avait appris à jouer et, surtout, à bluffer.

— Je n'aurais jamais dû prendre le siège de Buck, déclara Jamie en jetant ses cartes sur la table alors qu'ils allaient attaquer le deuxième tour. Il me porte malheur !

Pete sourit et misa.

— Ne te plains pas, petit, conseilla Duffy en faisant de même. Pour le moment, tu ne perds pas encore trop, contrairement à moi. Mais je ne continue à miser que pour ne pas changer de niveau de vie, ajouta-t-il.

Tous misèrent et Pete abattit alors trois rois. Une vague de protestations amicales s'ensuivit et il tendit la main pour récupérer sa mise.

— Quinte flush à cœur, annonça alors Jo en révélant son jeu.

Duffy éclata d'un rire joyeux.

— Bien joué, petite ! Je déteste le voir gagner tout mon argent.

Durant les deux heures qui suivirent, ils continuèrent à jouer. Dans la tente sous laquelle ils s'étaient installés, l'air fleurait à présent une odeur familière de tabac, de café et de bière. Jamie avait continué à jouer de malchance et avait fini par appeler Buck à la rescousse.

Ramassant les cartes qu'on venait de lui distribuer, Jo constata qu'elle n'avait qu'une paire. Dès le premier tour, Raoul misa gros et Keane suivit. La curiosité poussa Jo à suivre pour un tour, mais, voyant ce qu'elle avait tiré au suivant, elle préféra se coucher.

Elle observa alors la partie avec intérêt. Le menton posé sur ses avant-bras, elle étudia chacun des participants. Keane était un joueur confirmé et ses yeux ne trahissaient absolument rien. Il se contentait de porter par intermittence son verre de bière à ses lèvres sans se départir d'un sourire qui ne signifiait rien de plus que le plaisir qu'il avait à se trouver là.

Tour à tour, Duffy, Buck et Amy se couchèrent. Pete continuait à mâcher son chewing-gum d'un air décontracté, observant Keane avec intérêt. Ce dernier lui rendit son regard et tira sur son cigarillo. Raoul poussa un juron en français en examinant ses cartes d'un air réprobateur.

— Il est peut-être en train de bluffer, remarqua Pete en voyant Keane augmenter la mise. Je suis.

Raoul jura de nouveau en français, puis en anglais et finit par se coucher. Prenant tout son temps, Keane compta le nombre de jetons nécessaires et le jeta au centre de la table. Le tas qui s'y trouvait déjà était assez impressionnant. Il en compta quelques-uns de plus.

— Je vois tes cinq et je monte de dix, dit-il à Pete.

Un murmure se fit entendre autour de la table. Pete observa attentivement sa main et réfléchit. Il observa ensuite l'empilement de jetons qui se trouvait déjà devant lui. Il pouvait sans problème se permettre de risquer dix dollars de plus.

Levant de nouveau les yeux, il considéra attentivement Keane, qui demeurait impassible. Et, brusquement, il sourit.

— Pas question, déclara-t-il en abattant ses cartes, face cachée. C'est toi qui l'emportes, cette fois.

Keane sourit et ramena vers lui la petite montagne de jetons.

— Tu veux bien nous montrer ton jeu ? demanda Pete, curieux.

Beau joueur, Keane s'exécuta et un éclat de rire secoua la petite assemblée.

— Rien du tout ! s'exclama Pete, admiratif. Pas la plus petite suite… Tu as un sacré culot, tu sais ? Même moi, j'avais une paire, ajouta-t-il en retournant ses propres cartes.

Raoul leva les yeux au ciel d'un air désespéré. Jo se leva en riant et versa ses jetons dans le chapeau que Jamie avait laissé sur la table.

— Je les changerai plus tard, lança-t-elle à ce dernier. Mais je t'en prie, ne les joue pas !

Elle déposa un petit baiser sur sa joue pour le consoler de sa déveine.

— Tu pars tôt, remarqua Duffy.

— N'est-ce pas toi qui m'as dit qu'il fallait toujours laisser son public sur sa faim ? répliqua-t-elle en souriant.

Elle salua alors les autres participants de la main et quitta la tente d'un pas léger.

— Ça, c'est Jo tout craché ! s'exclama Raoul, admiratif. Sacré petit bout de bonne femme !

Pete remarqua que le regard de Keane s'attardait sur le pan de toile de l'autre côté duquel Jo venait de disparaître et il sourit.

— Et jolie, avec ça, renchérit-il.

Aussitôt, Keane se tourna vers lui.

— Tu n'es pas d'accord ? lui demanda Pete avec une pointe de malice.

— Si, si, répondit ce dernier. Elle est très jolie.

— Comme sa mère, déclara Buck en ramassant les cartes que l'on venait de lui distribuer. C'était une beauté. Pas vrai, Duffy ?

Ce dernier acquiesça tout en considérant son jeu d'un air lugubre.

— J'ai toujours dit que c'était injuste qu'ils soient morts de cette façon, Wilder et elle, soupira Buck.

— C'était dans un incendie, n'est-ce pas ? s'enquit Keane, qui venait de regarder son jeu.

— Un court-circuit, précisa Buck. Apparemment, l'installation électrique de leur caravane était défectueuse. Si c'était arrivé la journée plutôt que pendant leur sommeil, ils seraient encore avec nous. Mais la roulotte avait à moitié brûlé avant que quiconque puisse intervenir. C'était une véritable fournaise. Heureusement, la chambre de Jo était de l'autre côté et nous avons réussi à la tirer de là. Pauvre petite chose… Elle ne comprenait pas ce qui lui arrivait et se cramponnait à cette vieille poupée. C'est tout ce qui lui restait après l'incendie, d'ailleurs. Ça et les vêtements qu'elle avait sur le dos. Elle la gardait toujours avec elle, ensuite. Tu te rappelles, Duffy ?

Ce dernier hocha la tête.

— Heureusement que Frank était là. C'est lui qui l'a tirée de l'incendie et qui l'a adoptée.

Raoul misa cinq dollars et Keane réfléchit un instant à ce qu'ils venaient de dire avant de se coucher.

— Je laisse ma place, dit-il en se levant. Je changerai mes gains plus tard.

Il se dirigea aussitôt vers la sortie. L'une des sœurs Gribalti prit la place de Jo, et Jamie, celle de Keane. Lorsqu'il ramassa les cartes de ce dernier par curiosité, il constata avec stupeur qu'il avait tiré quatre valets. Interdit, Jamie leva les yeux et croisa le regard de Pete, qui lui sourit d'un air entendu.

La nuit était tombée depuis longtemps déjà, mais la température était encore très douce. Jo leva les yeux vers le ciel et contempla les étoiles en pensant aux feux d'artifice qui avaient été tirés dans la soirée.

Cette démonstration pyrotechnique avait été un véritable triomphe, illuminant le ciel de dizaines de fusées de toutes les couleurs. Les spectateurs étaient repartis enchantés de leur expérience et garderaient sans doute longtemps le souvenir de cette fête.

Comme Jo approchait du grand chapiteau, elle vit venir dans sa direction l'un des vagabonds qui s'étaient joints au cirque. Selon la tradition d'hospitalité du cirque, ils accueillaient tous ceux qui étaient prêts à échanger quelques heures de travail contre le gîte et le couvert pour la durée qui leur conviendrait.

— Salut, ma belle, fit le jeune homme en s'avançant vers elle.

— Bonsoir, lui répondit-elle en souriant. Tu es Bob, n'est-ce pas ?

— Oui. Je ne suis là que depuis trois semaines et je ne pensais pas que tu m'avais remarqué.

Jo l'observa plus attentivement. Il devait avoir à peu près le même âge qu'elle. De belle stature, il avait un joli visage pas encore tout à fait sorti de l'enfance. Elle se souvint qu'il figurait parmi ceux que Maggie avait copieusement arrosés durant l'après-midi.

— Alors ? fit-elle, amusée. Toujours pas dégoûté des éléphants ?

— Non. Mais ce que je préfère, c'est monter le chapiteau.

— Je peux comprendre ça. C'est toujours un moment magique. Il y a une partie de poker organisée dans la tente réfectoire si ça te tente.

— Je préfère rester avec toi, répondit-il en avançant encore d'un pas.

Jo perçut l'odeur de bière. Il avait dû profiter de cette soirée pour faire la fête, lui aussi, songea-t-elle.

— Heureusement que c'est lundi, demain,

remarqua-t-elle. J'ai bien l'impression que personne ne serait en état de démonter le campement. Tu devrais peut-être aller te coucher, tu sais ?

— Ou alors, nous pourrions y aller ensemble. Dans ta caravane, par exemple, suggéra Bob en lui prenant le bras.

— Non, merci, répliqua Jo en essayant vainement de se dégager.

Ce genre d'avances un peu trop directes ne la perturbait pas outre mesure. Après tout, elle était suffisamment près de la tente réfectoire pour appeler à l'aide si le besoin s'en faisait sentir. Une douzaine d'hommes se précipiteraient alors à son secours et corrigeraient Bob. Mais c'était justement ce qu'elle voulait éviter.

— Allez, viens, insista Bob en essayant de l'entraîner vers sa caravane. Tu es si sexy lorsque tu es dans la cage avec les lions. Et moi, j'ai vraiment besoin d'une fille sexy comme toi pour me consoler de mes malheurs.

— Si tu ne me lâches pas tout de suite, je te servirai à mes chats en guise de repas, le menaça-t-elle.

— A mon avis, c'est moi qui vais te manger, rétorqua-t-il en l'attirant vers lui pour l'embrasser.

Malgré l'agacement croissant que lui inspirait Bob, Jo endura le baiser qu'il lui planta maladroitement sur la bouche. Mais il se crut autorisé à aller plus loin et posa ses mains sur les fesses de Jo, qu'il commença à caresser.

Perdant son sang-froid, elle tenta de nouveau de le repousser, mais il s'accrochait à elle. Hors d'elle, elle lui décocha un coup de poing en pleine mâchoire et, avec un cri de surprise offusquée, Bob bascula en arrière et se retrouva assis sur la pelouse.

— Eh bien ! On dirait que tu n'as vraiment pas besoin de mon aide !

Se retournant, Jo se retrouva face à Keane, qui venait d'émerger de la tente réfectoire. Elle repoussa la mèche de cheveux qui lui tombait dans les yeux et soupira. Elle aurait préféré que cette scène se déroule sans témoin. D'autant que, même dans la pénombre, elle pouvait voir la colère glacée qui brillait dans les yeux de Keane.

Instinctivement, elle se plaça entre lui et Bob, qui revenait lentement de sa stupeur et se massait la mâchoire.

— Bob s'est juste montré un peu trop enthousiaste, expliqua-t-elle en retenant Keane par le bras. Il a fait la fête, ce soir.

— Ça tombe bien, répliqua-t-il d'une voix plus tranchante que l'acier. C'est moi qui vais lui faire sa fête, à présent !

— Non, Keane, je t'en prie, le supplia-t-elle comme il faisait mine de passer devant elle.

Il se tourna vers elle.

— Jo, laisse-moi m'occuper de ça, lui dit-il durement.

— Pas tant que tu ne m'auras pas écoutée. Je ne veux pas que tu lui fasses de mal. Il ne m'a rien fait, après tout.

— Il essayait de te violer ! s'exclama Keane, révolté.

Visiblement, si elle ne l'avait pas retenu par le bras, il se serait jeté sur Bob.

— Mais non, protesta-t-elle. Il essayait juste de m'embrasser.

Elle s'abstint prudemment de parler des mains baladeuses du jeune homme.

— Je l'ai frappé bien plus durement que je ne l'aurais dû, étant donné les circonstances, reprit-elle. C'est juste un gosse, Keane. Ne le renvoie pas pour si peu.

— Ce n'est vraiment pas ce que j'avais en tête, gronda-t-il.

Jo lui sourit d'un air conciliant.

— Si tu espères venger mon honneur, je suis flattée, mais il n'a vraiment rien fait dont je puisse avoir honte. Et je ne pense pas que lui taper dessus l'aidera à dessoûler. Si tu veux vraiment lui donner une leçon, tu n'as qu'à l'affecter au nettoyage des cages pendant quelques jours.

Keane étouffa un juron, mais elle vit l'ombre d'un sourire apparaître sur ses lèvres et comprit qu'elle avait gagné.

— Mlle Wilder a apparemment décidé de se montrer clémente envers toi, déclara-t-il à Bob, qui s'était relevé. Tu as de la chance qu'elle soit beaucoup plus généreuse que je ne le suis. En tout cas, je m'abstiendrai de te donner la correction que tu mérites ou de te jeter dehors. Mais je te préviens : si jamais tu te conduis encore une fois de la sorte vis-à-vis de Mlle Wilder ou de toute autre employée de ce cirque, tu auras affaire à moi. Et, avant de te mettre à la porte, je ferai en sorte que tout le monde sache que tu as été mis K.-O. par une femme de cinquante kilos !

— Oui, monsieur Prescott, acquiesça piteusement Bob.

— Va te coucher, lui conseilla Jo. Tu te sentiras mieux demain matin.

— Pas si sûr, murmura Keane en suivant des yeux Bob, qui s'éloignait en titubant.

Il se tourna vers Jo en souriant.

— A mon avis, entre ce qu'il a bu et le coup de poing qu'il a reçu, il se sentira encore moins en forme demain.

Il prit la main de Jo entre les siennes et la dévisagea.

— Où as-tu appris à cogner comme ça ? Ne me dis pas qu'en plus de tous tes métiers tu es boxeuse professionnelle !

Elle éclata de rire et frissonna délicieusement lorsqu'il glissa ses doigts entre les siens.

— Franchement, je ne pense pas que mon coup de poing lui aurait fait autant d'effet s'il n'avait pas été aussi ivre.

Tandis que Keane la contemplait, Jo vit passer dans ses yeux une expression fugace qu'elle ne parvint pas à interpréter.

— Quelque chose ne va pas ? s'enquit-elle, un peu inquiète.

Pendant quelques secondes, il ne dit rien et elle sentit son cœur s'emballer en imaginant qu'il allait peut-être l'embrasser.

— Non, repartit-il enfin d'une voix légèrement distante. Tout va très bien. Viens, je te raccompagne jusqu'à ta caravane.

Jo passa son bras sous celui de Keane, désireuse de renouer la complicité qu'elle avait perçue entre eux, quelques instants seulement auparavant.

— Ce n'est pas là que je comptais me rendre, lui dit-elle. Si tu viens avec moi, je te montrerai quelque chose de magique.

Elle lui décocha un sourire qu'elle espérait irrésistible.

— Tu aimes la magie, n'est-ce pas ? Même un avocat consciencieux et méticuleux comme toi doit aimer la magie.

— C'est vraiment comme cela que tu me vois ? protesta Keane d'un ton un peu vexé. Comme un avocat consciencieux et méticuleux ?

— Pas uniquement, assura-t-elle en souriant. Mais c'est une partie de toi.

Profitant de ce tête-à-tête, elle décida de pousser sa chance.

— Tu as aussi le goût de l'aventure et un grand sens de l'humour. Et puis tu as un caractère impossible !

— Apparemment, tu as réussi à me cerner, remarqua Keane en souriant à son tour.

— Oh, non ! s'exclama-t-elle. Loin de là ! Je sais comment tu es ici, mais je ne peux qu'imaginer à quoi tu ressembles à Chicago.

Il lui jeta un regard étonné.

— Crois-tu que je sois différent, là-bas ? demanda-t-il, curieux.

— Je ne sais pas, reconnut-elle. Je suppose que oui. C'est un tout autre univers, avec d'autres règles. Tu dois habiter un loft ou une grande maison avec une femme de ménage qui vient une fois, non, deux fois par semaine. Ton bureau doit offrir une vue plongeante sur la ville. Tu as sans doute une secrétaire très efficace et des collaborateurs talentueux. Tu prends tes déjeuners dans ton bureau ou au restaurant, avec tes clients. Au tribunal, tu es aussi impitoyable qu'admiré. Tu as un tailleur qui te dessine des costumes sur mesure et tu fais régulièrement de la gym. Tu vas aussi au théâtre, de temps en temps. Et tu pratiques un sport. Le tennis, peut-être. Ou le golf. Non, je sais ! le handball !

Keane hocha la tête, visiblement impressionné par l'exactitude de cette description.

— Est-ce que c'est cela, la magie que tu voulais me montrer ?

— Non, répondit Jo en se remettant en marche. Je ne fais que deviner. Il est inutile d'avoir de l'argent pour savoir comment vivent ceux qui en ont. Et je sais que tu prends ton métier très au sérieux. D'ailleurs, tu n'aurais pas choisi une carrière si tu ne l'aimais pas vraiment.

Keane resta quelques instants silencieux.

— Je ne suis pas sûr d'aimer la façon dont tu vois ma vie, remarqua-t-il enfin.

— C'est parce que je ne trace que les grandes lignes. Tout est dans les détails, mais je ne te connais pas assez pour être plus précise.

— Vraiment ?

Elle lui jeta un regard malicieux.

— Comment voudrais-tu que je te comprenne ? lui dit-elle. Nous vivons dans des mondes radicalement différents.

Ils étaient parvenus devant le grand chapiteau et elle écarta le pan de toile qui servait de porte pour qu'ils puissent pénétrer à l'intérieur. Là, il faisait entièrement noir, mais elle trouva à tâtons l'interrupteur et l'immense tente s'illumina brusquement. Seules les rangées de bancs réservés aux spectateurs restaient dans l'ombre.

— C'est beau, n'est-ce pas ? lui déclara-t-elle. Et ce n'est jamais vraiment vide, tu sais ? Si tu fermes les yeux, tu peux sentir le public, les artistes, les animaux.

Le prenant par la main, elle l'entraîna jusqu'au centre de la piste.

— Tu sais ce que c'est ? demanda-t-elle en étendant les bras pour tourner lentement sur elle-même. C'est une magie qui ne change pas dans un âge de bouleversements. Quoi qu'il arrive au-dehors, tout ceci ne change pas. Nous sommes fragiles. Nous sommes à la merci des caprices des animaux, des cordes qui soutiennent les trapézistes et les funambules, des attentes et des déceptions du public. Mais six jours sur sept et vingt-neuf semaines par an, nous célébrons un miracle. Nous construisons à l'aube un monde qui disparaîtra dans la nuit. Cela fait partie du mystère.

Elle regarda Keane droit dans les yeux et poursuivit :

— Des tentes apparaissent dans la prairie. Des éléphants et des lions remontent les rues de la ville. Et cela depuis toujours. Nous ne vieillissons jamais parce que chaque génération nous découvre avec le même émerveillement. Nous menons une vie de fou, une vie difficile. Nous vivons dans des caravanes, nous campons dans la boue, nous travaillons sans relâche jusqu'à ce que nos muscles hurlent de souffrance. Mais chaque fois que notre numéro prend fin, nous avons l'impression d'avoir contribué à quelque chose qui nous dépasse, à quelque chose d'unique. Et c'est la plus belle des sensations qui soit au monde.

— Est-ce pour cela que vous continuez ?

— Chacun a ses raisons, je suppose. Tu m'as déjà posé la question et je ne suis pas certaine de pouvoir y répondre. Mais je sais que, quoi que ce soit qui nous pousse, nous finissons tous par croire au miracle. J'ai passé ma vie entière dans ce cirque. Je connais tous les trucs, toutes les illusions. Je sais comment le père de Jamie fait entrer dix clowns dans un landau. Mais, chaque fois que je le regarde faire, j'y crois et je ris. Ce n'est pas un simple divertissement, Keane. C'est le fait de savoir que tu en verras toujours plus : le plus rapide, le plus fort, le plus haut, le plus dangereux…

Elle leva les bras au ciel et pirouetta sur elle-même.

— Mesdames et messieurs, s'exclama-t-elle, pour votre plaisir et votre émerveillement, je vous présente pour la toute première fois en Amérique une multitude de puissants pachydermes tout droit venus du fin fond de l'Afrique et dirigés de main de maître par l'extraordinaire et talentueuse Serena, qui nous présente cette magistrale chorégraphie !

Elle éclata de rire et ramena ses cheveux en arrière d'un petit mouvement de la tête.

— Et puis il y a ceux qui se trouvent en dehors du chapiteau, poursuivit-elle. Ceux-là, ils te révèlent des secrets, ils t'ouvrent des portes sur le ton de la confidence. Approchez, approchez encore un peu. N'ayez pas peur. Venez admirer l'étonnante Serpentina, tout droit venue du fin fond de l'Amazonie. Elle parle aux boas et enchante les redoutables cobras. Regardez-la charmer les reptiles les plus dangereux et s'offrir au baiser du serpent.

— J'imagine que Baby pourrait intenter un procès en diffamation, remarqua Keane en riant.

— Sans doute. Mais ce qui compte, c'est que, lorsque les spectateurs se retrouvent face à l'adorable Rose et à son boa constrictor, ils éprouvent ce petit frisson qui fait toute la différence. Nous leur donnons ce qu'ils cherchent : de l'exotisme, de la fantaisie, de l'unique. Tu as vu comment ils s'émerveillent lorsque Vito fait son numéro sans filet !

— Mais il risque sa vie tous les jours, affirma Keane.

— C'est aussi le cas d'un agent de police ou d'un pompier, tu sais ? répondit Jo en posant doucement les mains sur ses épaules.

Plus que jamais, elle était décidée à lui faire toucher du doigt ce qu'avait été le rêve de son père.

— Je comprends tes doutes, Keane. Mais il faut que tu nous comprennes. Le danger est un élément fondamental du cirque. Il donne tout leur sens à de nombreux numéros. Tu as vu le public retenir son souffle quand Vito fait un double saut périlleux sur son fil. S'il utilisait un filet, ils seraient impressionnés mais pas aussi terrifiés.

— Est-ce vraiment nécessaire ? insista-t-il.

— Oh, oui ! s'écria-t-elle. Il faut qu'ils soient terrifiés. Fascinés. Hypnotisés. C'est pour cela qu'ils paient. Ils veulent plus, toujours plus d'émotions. Nous repoussons pour eux les limites du possible. Chaque jour, nous essayons d'aller un peu plus loin. Sais-tu combien de temps il a fallu pour que le premier des trapézistes ose faire trois tours dans le vide avant de se rattraper ? Aujourd'hui, c'est presque une figure obligée. Et puis, un jour, quelqu'un parviendra à en faire quatre. Un homme jongle avec trois torches enflammées. Il est suivi par un autre qui fait la même chose du haut d'un cheval lancé au galop. Puis par un groupe de jongleurs tout entier qui se les fait passer d'un cheval à l'autre. C'est cela, l'esprit de notre métier. Aller toujours plus loin, réaliser l'impossible. C'est aussi simple que cela.

— Simple, répéta Keane en levant la main vers son visage pour caresser doucement sa joue. Je ne sais pas si tu dirais la même chose en voyant cela de l'extérieur.

— Tu as sans doute raison, approuva-t-elle. Mais je n'ai jamais été à l'extérieur.

Perdu dans ses pensées, Keane plongea ses doigts dans les cheveux soyeux de Jo. Très doucement, il les repoussa en arrière pour dégager son visage. Il ne la quittait pas du regard, paraissant se perdre sans espoir de retour dans ses beaux yeux verts.

— Tu es si belle, murmura-t-il rêveusement.

Jo resta immobile, silencieuse. La façon dont il la touchait en cet instant était différente des fois précédentes. Il y avait dans ses gestes une tendresse infinie et une hésitation qu'elle n'avait jamais perçue jusqu'alors. Mais elle ne parvenait pas à déchiffrer l'expression de ses yeux couleur d'ambre.

Finalement, incapable de résister à la tentation, elle lui entoura le cou de ses bras et posa ses lèvres sur les siennes. Ce n'est qu'alors qu'elle s'aperçut combien elle s'était sentie seule et vide au cours des semaines précédentes, combien elle avait désespérément besoin de Keane.

Elle s'agrippa à lui, ardente et insatiable, et il lui rendit son baiser avec autant de passion. Ses mains quittèrent ses cheveux pour se poser sur ses hanches et il la plaqua contre lui comme pour la sentir tout le long de son corps.

Ils se dévoraient à présent et Jo sentit son sang bouillonner dans ses veines tandis qu'une explosion de chaleur se répandait en elle. Elle avait l'impression de retrouver une drogue puissante dont on l'avait trop longtemps privée.

L'odeur de Keane, le goût de sa langue, le contact de ses bras puissants se mêlaient en une sensation unique, enivrante, dans laquelle elle se noyait avec reconnaissance. Leur baiser était si impatient que leurs dents s'entrechoquaient et qu'ils ne prenaient pas même le temps de reprendre haleine.

Elle le désirait. Elle avait besoin de lui. Elle l'aimait. Et cette conviction profonde était la seule chose qui comptait à ses yeux, en cet instant. Cette fois, elle se donnerait à lui sans remords, sans calculs, sans espoirs. Parce que, si elle ne le faisait pas, elle passerait le reste de sa vie à le regretter.

Mais, au moment précis où elle formulait cette pensée, Keane s'arracha à elle. Stupéfaite, elle le contempla tandis qu'il passait nerveusement une main dans ses cheveux. Puis, d'un geste mal assuré, il sortit son paquet de cigarillos et en alluma un.

Ecartelée entre frustration, colère et désespoir, elle le regarda faire, incrédule.

— Keane ? chuchota-t-elle enfin d'une voix suppliante.

Il leva brièvement les yeux vers elle et lut tout ce qu'elle était prête à lui offrir.

— La journée a été longue, lui dit-il d'une voix calme et posée qui contrastait avec le caractère surréaliste de la scène. Je vais te ramener à ta caravane.

Jo sursauta aussi violemment que s'il venait de la gifler. D'un pas incertain, elle recula, sentant une douleur immense envahir chaque fibre de son corps.

— Pourquoi fais-tu ça ? articula-t-elle.

Humiliée, elle se rendit compte qu'elle était en train de pleurer devant lui. Ses larmes transformaient les lumières de la piste en un millier d'étoiles qui l'aveuglaient. Rageusement, elle les essuya du revers de la main.

— Comment oses-tu ? reprit-elle d'une voix tremblante de colère et de chagrin. Tu me pousses à te…

Elle s'interrompit, s'apercevant qu'elle avait failli lui révéler les sentiments qu'elle éprouvait pour lui.

— A te désirer, poursuivit-elle. Et, ensuite, tu me repousses comme si j'étais indigne de toi ! J'avais raison à ton sujet dès le début. Je croyais m'être trompée, mais j'avais vu juste. Tu es froid et insensible !

Elle s'interrompit, luttant contre les sanglots qui l'étranglaient. Mais il n'était pas question de reculer tant qu'elle ne lui aurait pas dit tout ce qu'elle avait sur le cœur. Le visage très pâle, elle se força donc à continuer.

— Je ne sais pas comment j'ai pu croire un

seul instant que tu étais capable de comprendre ce que Frank t'avait légué. Il te faudrait un cœur, pour cela. Franchement, je serai heureuse lorsque cette saison prendra fin. Quoi que tu décides, quoi que tu fasses de ce cirque, je n'aurai plus jamais à te revoir !

Elle reprit haleine, le défiant du regard. Mais il ne répondit rien, se contentant de la fixer en silence, sans qu'elle puisse deviner ce qu'il pensait exactement.

— En tout cas, ajouta-t-elle, je ne te laisserai plus jamais me traiter ainsi !

Sa voix tremblait et elle dut déployer toute la force de sa volonté pour terminer ce qu'elle avait à dire.

— A partir d'aujourd'hui, je t'interdis de me toucher. C'est compris ?

Keane resta longuement silencieux, comme figé. Puis, lentement, il porta son cigare à sa bouche.

— Comme tu voudras, Jo, rétorqua-t-il enfin en exhalant une profonde bouffée de fumée.

Le calme et l'indifférence dont il faisait preuve eurent raison de ses bonnes résolutions et elle fondit en larmes. Ne voulant pas lui donner le plaisir de la voir pleurer devant lui, elle se retourna brusquement et quitta le grand chapiteau en courant.

Chapitre 10

Durant le mois de juillet, la troupe traversa la Virginie et le Kentucky avant d'atteindre l'Ohio. Le temps était magnifique et la température ne cessait d'augmenter, ce qui rendait le travail sous les projecteurs du chapiteau encore plus éprouvant. Mais les spectateurs affluaient en masse et Duffy se réjouissait déjà de la réussite de cette tournée.

Depuis la nuit du 4 Juillet, Jo s'efforçait soigneusement d'éviter Keane. Cela ne fut pas aussi difficile qu'elle l'avait redouté puisqu'il passa la moitié du temps à Chicago pour s'occuper de ses affaires.

Elle vivait dans un état second, presque par réflexe. Elle mangeait parce que c'était nécessaire, sans y trouver le moindre plaisir. Elle dormait parce qu'elle ne pouvait se permettre d'être fatiguée lorsqu'elle entrait dans la cage, mais elle ne rêvait plus.

Son existence tout entière lui semblait être entre parenthèses, en attente. Mais elle savait qu'il n'y avait rien à espérer et elle priait pour oublier au plus vite Keane et son propre amour déçu.

Vis-à-vis de ses amis, elle s'efforçait de faire

illusion, de dissimuler ce vide qui la rongeait de l'intérieur. Elle ne voulait pas avoir à répondre à leurs questions, ni à supporter leurs conseils ou leur sympathie.

Elle se concentra une fois de plus sur son travail et poursuivit notamment la formation de Gerry. Il progressait régulièrement et elle était très fière de lui, convaincue à présent que, s'il persévérait, il deviendrait un jour un excellent dresseur.

Chaque jour, elle répétait avec lui dans la grande cage. Ils commencèrent avec Merlin, puis Jo ajouta progressivement de nouveaux animaux pour corser la difficulté de l'exercice. Lorsque arriva la première semaine du mois d'août, ils travaillaient avec l'ensemble des lions.

Ce matin-là, ils se retrouvèrent comme d'habitude sous le chapiteau pour une nouvelle session. Les seuls artistes qui s'entraînaient étaient les écuyers qui rodaient un nouveau numéro, et le bruit des sabots résonnait dans la grande tente déserte.

Après quelques exercices simples qui laissaient aux lions le temps de s'adapter à leur environnement, elle demanda à Gerry de leur faire faire une pyramide. Il s'en sortit plutôt bien, malgré le peu d'enthousiasme dont faisait preuve Lazareth, qui devait former la pointe de l'édifice vivant.

— Très bien, commenta-t-elle lorsqu'il leur eut fait regagner leurs piédestaux.

— Pas tant que cela, soupira-t-il. J'ai dû m'y reprendre à trois fois avec le dernier.

— Ne sois pas si impatient. C'est un exercice très difficile pour eux comme pour toi. Et il demande beaucoup de confiance de leur part. Maintenant, fais-les tourner d'un piédestal à l'autre.

Gerry s'exécuta et les animaux commencèrent leur ronde habituelle sous le regard critique de Jo. Elle était très fière de son élève. Chaque jour, il faisait de nouveaux progrès et gagnait plus de confiance.

Il avait les nerfs solides, un instinct très sûr et une réelle empathie avec les animaux. Il lui manquait peut-être encore un peu de patience, mais cela viendrait avec le temps, lorsqu'il comprendrait que l'important n'était pas le nombre des figures que l'on maîtrisait, mais la perfection avec laquelle elles étaient réalisées.

Il ne lui restait plus qu'une étape majeure à franchir pour pouvoir réellement se considérer comme un dresseur. Un jour ou l'autre, il devrait affronter la cage seul. Mais Jo n'était pas certaine qu'il y soit déjà prêt. Il était encore trop confiant, trop décontracté et manquait de cette rigueur confinant à la paranoïa qui faisait parfois toute la différence entre le triomphe et la catastrophe.

— Maintenant, lui dit-elle lorsque tous les lions eurent regagné leur propre piédestal, tu vas les faire se lever sur leurs pattes arrière un par un avant de les faire sortir.

Gerry hocha la tête et commença par Merlin, qui lui était le plus familier. Le lion s'exécuta sans se faire prier, prouvant ainsi les progrès effectués par le jeune homme. Il le fit se rasseoir et passa au suivant. Un par un, les fauves se dressèrent et griffèrent l'air de leurs pattes avant.

Mais lorsqu'ils arrivèrent devant Hamlet, celui-ci ignora l'ordre de Gerry et se contenta de grogner d'un air menaçant. Jo lui demanda de recommencer et il s'exécuta, s'avançant légèrement pour donner plus d'impact à ses instructions.

— Pas si près ! l'avertit aussitôt Jo.

Au moment même où elle prononçait ces mots, elle vit quelque chose changer dans le regard d'Hamlet. Instinctivement, elle se plaça devant Gerry, le repoussant en arrière et faisant écran de son corps.

Mais il était déjà trop tard. Le lion avait frappé, toutes griffes dehors. Une douleur fulgurante traversa son épaule et elle sentit sa peau se déchirer. Elle tituba en arrière, mais parvint à rester sur ses pieds et fit aussitôt face au fauve. Gerry et elle se tenaient à présent hors de portée.

— Ne cours pas ! s'exclama-t-elle, sentant monter sa panique.

Son bras était en feu et le sang coulait le long de sa manche pour s'écraser sur le sable qui recouvrait la piste. D'un geste rapide mais coulé, elle prit le fouet des mains de Gerry et le fit claquer sèchement en se servant de son bras gauche.

Elle savait pertinemment que, si elle ne parvenait pas à mettre un terme aux provocations d'Hamlet et qu'il attaquait, tout serait perdu. Les autres animaux se joindraient à la curée et ils n'auraient plus aucune chance. Du coin de l'œil, elle repéra Abra, qui courbait déjà le dos et montrait les crocs.

— Ouvre la grille qui donne sur leurs cages, ordonna-t-elle à Gerry. Ensuite, sors. Déplace-toi lentement et, si je te dis de t'arrêter, fais-le aussitôt. C'est compris ?

Elle l'entendit acquiescer en un murmure et le suivit des yeux tandis qu'il allait ouvrir la grille. Lorsque ce fut fait, elle ordonna aux lions de descendre de leurs piédestaux et de se diriger vers leurs cages.

— Tu es blessée, fit alors Gerry, angoissé. Est-ce que c'est grave ?

— Je t'ai dit de filer ! s'exclama-t-elle en surveillant les fauves.

La moitié d'entre eux étaient déjà sortis de la cage, mais Hamlet la défiait toujours du regard. Il n'y avait pas une minute à perdre. Elle se concentra sur le lion rétif et fit claquer son fouet.

— Sors, maintenant ! commanda-t-elle à Gerry, qui s'attardait toujours près de la porte de la cage, incertain quant à la conduite à tenir. Fais ce que je te dis !

Il obéit à contrecœur, la laissant seule avec les lions. Lorsque ce fut au tour d'Hamlet de sortir, il ne fit pas mine de quitter son piédestal. Ils n'étaient plus que tous les deux, à présent.

Jo pouvait sentir l'odeur de son propre sang qui se mêlait à celle de la sciure et des lions. Son bras était parcouru d'éclairs fulgurants et elle pria pour ne pas s'évanouir. Elle était trop loin de la porte de la cage pour tenter de fuir et, lorsqu'elle se déplaça légèrement dans sa direction, Hamlet se ramassa sur lui-même. Aussitôt, elle s'arrêta.

Elle savait désormais qu'il ne la laisserait pas traverser la cage. Il ne lui restait donc plus qu'une seule solution : obtenir sa soumission en bluffant.

— Dehors ! lui cria-t-elle en faisant claquer son fouet. Dehors, Hamlet !

Mais il continuait à la fixer sans bouger et elle sentit une sueur froide couler le long de son dos. Son bras blessé était déjà poisseux de sang et elle savait qu'Hamlet le sentait. Elle se rappela brusquement l'image de son père traîné à travers la cage et frissonna.

La peur commençait à l'oppresser, risquant à tout moment de lui faire commettre l'erreur que guettait le lion. Serrant les dents, elle fit appel à toute la force de sa volonté et se redressa fièrement.

Chaque seconde comptait, désormais. Plus

elle laisserait Hamlet assis tranquillement et plus elle perdrait de son autorité de dresseuse. Alors, l'agressivité du fauve monterait encore d'un cran. Pour le moment, il n'avait probablement pas encore compris qu'il était le véritable maître de la situation.

— Dehors, Hamlet ! répéta-t-elle en faisant claquer son fouet.

Il sauta de son piédestal et Jo sentit son estomac se contracter. Son corps était tendu comme la corde d'un arc. Mais lorsqu'elle comprit qu'il hésitait encore, elle sut que rien n'était perdu. Elle réitéra son ordre et il lui jeta un regard un peu hésitant, comme s'il était déchiré entre deux instincts diamétralement opposés.

Elle décida d'utiliser cette confusion à son avantage et resserra sa prise sur le fouet.

— Hamlet, répéta-t-elle en détachant bien les syllabes. Dehors !

Cette fois, elle ajouta à son instruction le signal de la main qu'elle utilisait avant qu'il ne soit parfaitement formé à obéir à sa voix.

Brusquement, le lion parut se détendre, comme si le dilemme qui le préoccupait était à présent résolu. D'un pas tranquille, il gagna l'ouverture qui menait aux cages et s'y engouffra.

Avant même que la grille ne se soit complètement refermée derrière lui, Jo tomba à genoux au milieu de la piste. Son corps tout entier se mit à trembler convulsivement du choc rétrospectif qu'elle éprouvait en cet instant.

Moins de cinq minutes s'étaient écoulées depuis qu'Hamlet avait défié Gerry, mais elle avait l'impression d'avoir passé des heures dans la cage. Brusquement, sa vision se brouilla et elle bascula en arrière.

Lorsqu'elle rouvrit les yeux, quelques secondes plus tard, elle se trouvait dans les bras de Keane. Elle l'entendit jurer et déchirer la manche de son chemisier tout en la bombardant de questions auxquelles elle était complètement incapable de répondre.

Finalement, elle commença à reprendre un peu ses esprits et, soutenue par Keane, elle se releva. Lorsqu'il voulut la prendre dans ses bras, elle secoua la tête.

— Ce n'est pas la peine, lui assura-t-elle d'une voix légèrement groggy. Je vais bien.

— Tais-toi ! s'exclama-t-il. Pour l'amour de Dieu !

Il la souleva de terre et la fit sortir de la cage. Jo ferma les yeux, essayant de faire abstraction des gens qui criaient autour d'elle. Les voix lui parvenaient légèrement déformées, mais la souffrance qui tenaillait son bras l'empêchait de sombrer de nouveau dans l'inconscience.

Paradoxalement, cette douleur la rassurait un peu. La situation aurait été bien plus inquiétante, si elle n'avait rien senti du tout. Mais elle n'osait pas encore tourner la tête pour constater l'ampleur des dégâts.

Lorsqu'elle rouvrit les yeux, ils étaient sortis du grand chapiteau. Duffy avait dû apprendre la nouvelle, car il se trouvait là, lui aussi. Ils pénétrèrent ensemble dans la caravane où était installée l'infirmerie et déposèrent précautionneusement Jo sur l'un des lits.

— C'est grave ? demanda Duffy d'une voix inquiète.

— Je ne sais pas encore, répondit Keane. Passez-moi une serviette pour épancher tout ce sang.

Buck, qui venait de les rejoindre, alla lui chercher le matériel nécessaire.

— Ce n'est pas si terrible, articula Jo avec un pâle sourire.

Courageusement, elle tourna la tête. Keane venait de découper complètement sa manche, révélant trois profondes griffures dont deux saignaient encore abondamment. Elle eut un léger haut-le-corps mais tint bon.

— Comment peux-tu le savoir ? protesta Keane entre ses dents.

— Ça ne saigne pas tant que ça, rétorqua-t-elle en affectant un ton bien plus assuré qu'elle ne l'était en réalité.

A ce moment, ils furent rejoints par le médecin

du cirque, qui, après avoir enfilé des gants, inspecta attentivement la blessure. Sans attendre, il désinfecta la plaie avant de sortir une aiguille pour la suturer.

Les dents serrées, Keane observait la scène et, tandis que le médecin s'activait, Jo garda les yeux fixés sur lui. Il paraissait furieux et elle lui en voulut terriblement de réagir de cette façon.

Tout ce qu'elle souhaitait, pour le moment, c'était qu'il se montre doux et rassurant, et l'aide à surmonter le choc qu'elle venait d'éprouver. Mais, au lieu de cela, il paraissait lui en vouloir pour la façon dont elle avait réagi.

Incapable de le supporter, elle ferma de nouveau les yeux et attendit que le médecin ait terminé. Lorsque ce fut fait, il lui fit une injection pour éviter tout risque d'infection et lui banda le bras.

Lorsqu'il s'écarta enfin, ce fut Buck qui vint lui prendre la main.

— Ça va mieux, ma belle ? s'enquit-il gentiment.

Jo hocha la tête, aussi émue par ses attentions qu'elle était révoltée par la froideur de Keane.

— Dis-moi ce qui s'est passé, l'encouragea-t-il.

— Hamlet a refusé de répondre à un ordre de Gerry et il l'a répété en faisant un pas en avant, expliqua-t-elle. Il était beaucoup trop près. J'ai vu dans les yeux d'Hamlet ce qui allait se produire et j'aurais dû réagir plus vite. C'était une erreur stupide.

— Elle s'est interposée entre le lion et lui, intervint Keane d'un ton rageur.

— Comment va Gerry ? demanda-t-elle, refusant de lui prêter attention.

— Pete est avec lui. Il a vomi un bon coup, mais il s'en remettra, ne t'en fais pas.

— Tant mieux. Parce qu'il va nous falloir y retourner dès que je me sentirai un peu mieux.

— Retourner où ? demanda Keane en fronçant les sourcils.

— Dans la cage, lui répondit-elle froidement.

Elle se tourna de nouveau vers Buck.

— Nous devrions pouvoir caser une répétition juste avant le spectacle, déclara-t-elle.

— Pas question ! s'exclama Keane, furieux. Tu ne retourneras pas dans cette cage aujourd'hui !

— Bien sûr que si, répliqua-t-elle en haussant les épaules. Et Gerry aussi s'il veut vraiment devenir dresseur. Il le faut absolument.

— Jo a raison, acquiesça Buck d'une voix conciliante. C'est comme lorsqu'on tombe de cheval. Il faut aussitôt remonter en selle sous peine de ne plus jamais pouvoir monter.

Keane avait gardé les yeux fixés sur Jo, ne tenant aucun compte de ce que son assistant venait de dire.

— Je ne le permettrai pas, affirma-t-il d'une voix sans appel.

— Tu ne peux pas m'en empêcher, rétorqua Jo en se redressant.

Ce mouvement brusque lui arracha une grimace de douleur alors qu'un nouvel élancement lui traversait le bras.

— Bien sûr que si, confirma-t-il posément. Je te rappelle que je suis le propriétaire de ce cirque.

Jo serra les poings sous le coup de la colère. Comment pouvait-il exercer son autorité de façon aussi irresponsable ? Il ne connaissait rien au cirque et encore moins au métier de dresseur.

— Peut-être, riposta-t-elle d'une voix glacée. Mais je ne t'appartiens pas. Et si tu vérifies tes sacro-saints contrats, tu constateras que c'est également le cas de mes lions et de mon matériel. Je les ai achetés et c'est moi qui les fais vivre sur mes propres revenus. Notre accord ne te donne pas le droit de décider quand je fais répéter mes chats ou pas !

Le visage de Keane était un masque impénétrable et, dans ses yeux, elle lut une rage froide.

— Tu as besoin de ma permission pour utiliser le grand chapiteau, lui rappela-t-il.

— Qu'à cela ne tienne ! Nous répéterons dehors. Mais que tu le veuilles ou non, ce sera fait. Si je ne travaille pas avec les chats aujourd'hui même, je risque de gâcher des mois de travail et d'efforts.

— Tu préfères donc te faire tuer ? ironisa-t-il.

— Mais qu'est-ce que cela peut bien te faire ? s'écria-t-elle, perdant toute retenue.

La blessure qu'elle venait de recevoir n'était pas seulement corporelle. Le traumatisme qu'elle venait de vivre était sans doute ce qui lui était arrivé de pire depuis la mort de ses parents.

Elle attendait du réconfort et du soutien de la part de Keane. Elle aurait voulu qu'il la prenne dans ses bras et la serre contre lui, comme lorsque Ari était mort. Elle se sentait en sécurité alors, comme si plus rien ne pouvait l'atteindre.

Mais il s'était montré cassant, rageur et autoritaire. Il n'avait même pas compris que le fait de retourner dans la cage cet après-midi la terrifiait et qu'elle avait besoin d'être encouragée et non menacée de cette façon.

— Je ne suis rien pour toi ! ajouta-t-elle d'un ton désespéré.

Il y avait une pointe d'hystérie dans sa voix et Buck posa doucement la main sur son épaule, essayant de la calmer.

— Tout doux, Jo, lui souffla-t-il.

— Non ! s'exclama-t-elle, folle de rage et de tristesse mêlées. Il n'a pas le droit ! Tu n'as pas le droit d'intervenir dans ma vie de cette façon ! Je sais ce que j'ai à faire. Je sais ce que je vais faire ! En quoi cela te concerne-t-il ? Tu n'es pas légalement responsable s'il m'arrive un accident, tu sais ? Personne ne t'intentera de procès, rassure-toi !

— Arrête, Jo ! intervint de nouveau Buck d'une voix plus ferme. Elle ne sait pas ce qu'elle dit, ajouta-t-il à l'intention de Keane. Elle est encore sous le choc.

— Je ne pense pas, répondit froidement ce dernier. Je crois au contraire qu'elle sait exactement ce qu'elle dit. Fais ce que tu as à faire, Jo. Après tout, tu as parfaitement raison. Je n'ai aucun droit sur toi.

Sur ce, il tourna les talons et quitta l'infirmerie à grands pas. Dès qu'il eut quitté la pièce, Jo s'effondra en larmes, incapable de dominer les sanglots qui la secouaient de part en part.

— Là, doucement, murmura Buck en lui caressant les cheveux. Tout se passera bien, tu verras.

Il la serra tendrement contre lui tandis qu'elle pleurait sans s'arrêter. Lorsqu'elle se calma enfin, il la rallongea sur le lit.

— Tu n'aurais pas dû te montrer aussi dure envers lui, tu sais ? lui dit-il gravement.

— C'est sa faute, protesta-t-elle faiblement. Il n'avait pas à intervenir. Ça ne le concerne pas.

— Jo, cela ne te ressemble pas d'être aussi dure.

— Dure ? répéta-t-elle d'une voix brisée. Et lui, alors ? Est-ce qu'il n'aurait pas pu se montrer un peu plus gentil ? Faire preuve d'une once de compassion ? Il me parlait comme si je venais de commettre un crime.

— Il était terrifié, Jo, expliqua Buck. Tu ne

connais que la cage et tu ne sais pas combien il est dur de se trouver de l'autre côté des barreaux, incapable de venir en aide à quelqu'un qui t'est cher et qui est face à la mort. J'ai presque dû l'assommer pour qu'il ne se précipite pas à l'intérieur. J'ai fini par lui faire comprendre qu'il ferait plus de mal que de bien. Mais il était terrifié. Nous l'étions tous.

Jo secoua la tête, convaincue que Buck exagérait dans la seule intention de la ménager.

— Il se moque de moi, déclara-t-elle durement. Pas comme vous tous. Aucun de vous ne m'a hurlé après. Aucun de vous ne s'est conduit ainsi…

— Les gens ne réagissent pas tous de la même façon, plaida Buck.

— Ecoute, soupira-t-elle, je sais que tu veux me ménager. Et je sais que Keane n'est ni méchant ni cruel. Mais, franchement, je préférerais que nous cessions de parler de lui, si ça ne t'ennuie pas.

Buck perçut l'épuisement qui se devinait dans sa voix et hocha la tête.

— D'accord, ma chérie. Détends-toi et essaie de dormir un peu. Tout ira bien, tu verras.

Sur ce, il se leva et se dirigea vers la porte de la caravane.

— Buck, le rappela Jo.

Il se tourna à demi vers elle.

— N'oublie pas de préparer la cage.

Chapitre 11

Au cours des semaines qui suivirent, le bras de Jo perdit de sa raideur. La blessure guérissait correctement et il ne lui resterait plus en fin de compte que quelques cicatrices qui lui rappelleraient toujours le prix à payer pour la moindre négligence.

Psychologiquement, par contre, elle était très affectée. Elle avait parfois l'impression d'avoir perdu cette étincelle qui lui avait permis d'affronter toutes les vicissitudes de l'existence et toutes les souffrances qu'elle avait endurées.

Constamment, elle était en proie au doute et à l'insatisfaction. Ni ses amis, ni son travail, ni même ses livres préférés ne parvenaient à lui rendre ce bien-être qu'elle avait toujours considéré comme allant de soi.

Elle était devenue une femme et ses besoins s'étaient modifiés. Elle avait découvert l'amour pour s'en trouver privée presque aussitôt.

Bien sûr, elle savait que tout cela s'expliquait par ce qui s'était passé entre Keane et elle au cours de ces derniers mois. Mais ce savoir ne lui apportait aucun réconfort. Elle n'avait plus rien à espérer de lui.

D'ailleurs, il avait quitté le cirque le soir où elle avait été blessée et, quatre semaines plus tard, il n'avait toujours pas reparu. A trois reprises, Jo avait commencé une lettre qu'elle comptait lui envoyer. Elle voulait s'excuser pour ce qu'elle lui avait dit et retrouver ainsi sa confiance.

Mais, chaque fois, elle avait fini par froisser le brouillon inachevé et par le jeter dans sa corbeille à papier. Quelle que soit la façon dont elle formulait ce qu'elle avait sur le cœur, les mots sonnaient faux.

Elle espérait donc qu'il finirait par revenir, ne serait-ce qu'une journée. Peut-être alors pourrait-elle lui dire ce qu'elle ne pouvait écrire. Il lui semblait que, s'ils parvenaient à se quitter sans remords, cette séparation lui paraîtrait plus facile à accepter.

En attendant, elle répétait sans relâche et enchaînait les représentations. Et, chaque jour, le cirque se rapprochait un peu plus de Chicago.

Par un brûlant après-midi du mois d'août, Jo s'entraînait avec les frères Beirot sous le grand chapiteau. Raoul avait établi à son intention une série d'exercices au sol qui lui avaient permis de rééduquer son bras blessé. A présent, elle était capable de marcher sur les mains sans éprouver la moindre gêne.

— Je me sens vraiment bien, déclara-t-elle à l'aîné des Beirot après avoir effectué une série de pirouettes. En pleine forme ! ajouta-t-elle en français.

— Ce n'est pas en dansant que tu vas faire travailler ton épaule, ironisa Raoul.

— Ne t'en fais pas. Elle est complètement rétablie.

Pour le lui prouver, elle fit le poirier avant de se rétablir élégamment sur les pieds. Elle enchaîna avec une roulade et se releva d'un bond avant d'ajouter deux roues avant à sa démonstration. Lorsqu'elle se redressa, elle constata qu'elle se trouvait à moins de un mètre de Keane.

Instantanément, un flot d'émotions contradictoires déferla en elle, la faisant brièvement vaciller sur place. Rassemblant son courage, elle s'approcha lentement de lui.

— Je ne savais pas que tu étais revenu, lui dit-elle.

Aussitôt, elle regretta l'absurde banalité de cette remarque. Mais les mots qu'elle avait si souvent répétés dans l'espoir qu'elle le reverrait un jour restaient bloqués dans sa gorge. Une seule chose l'obsédait, en cet instant : l'envie irrésistible qu'elle avait de se jeter dans ses bras et de le serrer contre son cœur. Evidemment, ce n'était sans doute pas l'attitude la plus appropriée, étant donné les circonstances.

— Je viens juste d'arriver, répondit enfin Keane sans la quitter des yeux.

Finalement, il fit un pas de côté et se tourna vers la femme qui se tenait derrière lui.

— Jo, je te présente ma mère, Rachael Loring. Maman, voici Jo Wilder.

Elle parvint enfin à s'arracher à la contemplation muette de Keane pour se tourner vers sa mère. Aussitôt, elle perçut la ressemblance qui existait entre eux.

Ils avaient la même forme de visage, même si celui de Rachael était plus fin que celui de son fils. Elle reconnut ses sourcils, et son nez aristocratique. Ses cheveux étaient blonds, sans la moindre mèche grise. Ils paraissaient aussi doux que ceux de Keane.

Mais ce qui la frappa le plus, ce fut son regard. Ses yeux étaient quasiment identiques à ceux de son fils et lui rappelèrent une fois de plus ceux d'Ari. Rachael portait un tailleur très simple, mais qui révélait un goût très sûr.

Il émanait d'elle une impression chaleureuse et sympathique que Jo avait beaucoup de mal à associer à l'idée qu'elle s'était faite de la femme qui avait abandonné Frank et lui avait pris son enfant.

Chaque fois qu'elle avait essayé de l'imaginer, elle s'était représenté quelqu'un de froid, de dur.

Jamais elle n'aurait imaginé un sourire aussi charmant.

— Keane m'a beaucoup parlé de vous, déclara Rachael en s'avançant vers elle.

Jo lui tendit la main par pure politesse et son étonnement grandit encore quand Rachael la serra affectueusement entre les siennes.

— Il m'a également dit que vous étiez très proche de Frank. J'aimerais beaucoup que nous parlions, vous et moi.

— Si vous voulez, répondit Jo d'une voix mal assurée.

Elle était complètement prise de court par la tournure des événements.

— Peut-être pourriez-vous me faire visiter les lieux, suggéra Rachael. Si vous avez le temps, bien sûr. Je suis certaine que les choses ont bien changé pendant toutes ces années. Je suis sûre que tu as des tas de choses à faire, ajouta-t-elle à l'intention de son fils. Jo prendra soin de moi, n'est-ce pas ?

Sans attendre la réponse de l'un ni de l'autre, la mère de Keane la prit par le bras et s'éloigna en sa compagnie tandis que Keane, immobile, les suivait des yeux.

— Vous savez, déclara Rachael, j'ai connu vos parents. Pas très bien, hélas. Ils sont arrivés l'année même où je suis partie. Mais je me souviens que tous deux étaient des artistes exceptionnels. Keane m'a dit que vous aviez suivi la voie de votre père.

— Oui, acquiesça Jo pour qui la situation commençait à devenir légèrement surréaliste.

— Vous êtes très jeune pour un tel métier, observa Rachael avec une pointe d'admiration dans la voix. Vous devez être terriblement courageuse !

— Pas vraiment. J'ai l'habitude.

— Je me doutais que vous diriez cela, approuva Rachael en riant. Ce n'est pas la première fois que je l'entends.

Elles se trouvaient à présent en dehors du grand chapiteau et Rachael s'arrêta pour observer attentivement les environs.

— Au fond, je me suis peut-être trompée, déclara-t-elle. L'endroit n'a pas changé tant que cela. C'est un lieu merveilleux, n'est-ce pas ?

— Pourquoi êtes-vous partie, alors ? ne put s'empêcher de demander Jo.

Se rendant compte de ce qu'elle venait de dire, elle rougit jusqu'à la racine des cheveux.

— Je suis désolée, s'excusa-t-elle. Je n'aurais pas dû vous poser la question.

— Pourquoi pas ? rétorqua Rachael en souriant tristement. C'est parfaitement naturel. Keane m'a dit que Duffy était toujours là.

— Oui. Je pense qu'il restera avec le cirque jusqu'à la fin.

— Nous pourrions peut-être aller boire un thé

ou un café, suggéra Rachael. La route est longue depuis la ville. Est-ce que votre caravane est dans les environs ?

— C'est celle-ci, précisa Jo en la pointant du doigt.

— Parfait ! s'exclama Rachael en se remettant en marche.

Tout en progressant, elle observait les caravanes avec un sourire rêveur.

— Vivre dans un cirque est vraiment la seule façon de voyager sans changer de voisinage, remarqua-t-elle. Je suppose que vous connaissez l'histoire du chien.

Comme tous les enfants de la balle, Jo la connaissait par cœur, mais elle s'abstint de le lui dire.

— C'est l'histoire de ce chien de forain qui, chaque soir, enterre un os sous la caravane de son maître et qui, chaque matin, le retrouve alors que le camp s'est déplacé de cinquante kilomètres parce qu'il s'agit en réalité de celui qu'il a enterré précisément un an auparavant.

Elles étaient arrivées devant la caravane de Jo et elle ouvrit la porte, se sentant vaguement mal à l'aise. Cette femme était-elle vraiment celle qu'elle avait détestée durant si longtemps pour le mal qu'elle avait fait à Frank ? Cela paraissait tout bonnement impossible.

— J'ai toujours aimé les caravanes, déclara

Rachael en regardant d'un air appréciateur le petit salon dans lequel elles venaient d'entrer. Lorsqu'on y habite, on est obligé de n'emporter que ce qui a vraiment de la valeur à ses yeux.

Elle s'approcha de la table basse et s'empara du recueil de poésies de Victor Hugo qui y était posé.

— Keane m'a dit que vous étiez passionnée de littérature. Et de langues étrangères, aussi.

Jo hocha la tête, stupéfaite que son fils lui ait autant parlé d'elle. Elle se demanda pourquoi il l'avait fait et ce qu'il avait pu lui dire exactement au sujet de leur étrange et éphémère relation.

Mais l'expression de Rachael était tout aussi indéchiffrable que celle de Keane et elle renonça à chercher une réponse dans ses yeux.

— J'ai du thé, proposa-t-elle en gagnant la petite cuisine. Et je le prépare mieux que le café.

— Ce sera parfait, assura Rachael, qui l'avait suivie.

Elle s'assit à la table, à l'évidence très à l'aise dans cet environnement qui ne lui était pourtant pas familier. Jo remplit la bouilloire et la plaça sur la gazinière avant de fouiller en vain dans les placards à la recherche de petits gâteaux.

— J'ai bien peur de ne pas avoir grand-chose à vous offrir, s'excusa-t-elle.

— Cela n'a aucune importance. Un thé et une conversation agréable me suffiront amplement.

Jo remplit leurs tasses et vint s'asseoir en face

de Rachael, qu'elle observa avec attention avant de soupirer.

— Je suis désolée, lui dit-elle. Je sais que je dois vous paraître un peu empruntée, mais je vous en ai voulu pendant tant d'années sans même vous connaître que le fait de me retrouver face à vous me met un peu mal à l'aise. D'autant que vous ne ressemblez pas du tout à l'image que je m'étais faite de vous. Vous n'êtes ni froide ni pleine de haine et vous ressemblez tellement à Keane…

Elle secoua la tête comme pour remettre de l'ordre dans ses pensées.

— Je ne vous en veux pas du tout, répondit Rachael. Si vous étiez aussi proche de Frank que Keane me l'a dit, il est parfaitement normal que vous m'en vouliez de la façon dont je me suis conduite à son égard. Est-ce que lui aussi, il me détestait ?

— Non, repartit Jo d'une voix très triste. En tout cas, pas lorsque je l'ai connu. D'ailleurs, je ne pense pas qu'il ait été capable de tels sentiments.

— Vous le compreniez bien, n'est-ce pas ? remarqua Rachael. Moi aussi, vous savez… C'était un rêveur. Un esprit libre…

Elle s'interrompit et avala une gorgée de thé. Jo attendit qu'elle poursuive, suspendue à ses lèvres.

— J'avais dix-huit ans lorsque je l'ai rencontré, reprit Rachael. J'étais venue au cirque avec l'un de mes cousins. Et je me souviens encore de l'impression que j'ai ressentie. C'était comme si je venais de pénétrer dans un pays enchanté, dans un royaume magique empli de mystères. Et Frank en était le roi. Je suis instantanément tombée amoureuse et nous nous sommes mariés très vite, malgré les réticences de ma famille. J'ai pris la route avec lui. C'était si nouveau, si excitant ! J'ai appris des tas de choses. A coudre les costumes, à monter le chapiteau, à danser sur un fil…

— Vous étiez une artiste, vous aussi ? s'exclama Jo, sidérée.

— Oh, oui ! confirma Rachael. Et je n'étais pas mauvaise, vous savez ? Et puis je suis tombée enceinte. Frank et moi étions aussi excités par cette naissance à venir que deux enfants à la veille de Noël ! J'avais à peine dix-neuf ans quand Keane est né et cela faisait près d'un an que je suivais le cirque. La saison suivante, les choses sont devenues plus compliquées. Keane était mon premier enfant et j'avais toujours peur pour lui. Je paniquais chaque fois qu'il attrapait un rhume et j'insistais pour aller sans cesse consulter les pédiatres des villes près desquelles nous passions. Frank faisait preuve d'une patience infinie à cet égard…

Rachael se pencha en avant et prit la main de Jo dans la sienne.

— Pouvez-vous comprendre combien cette vie est difficile pour quelqu'un qui n'y a pas été préparé ? demanda-t-elle gravement. Je n'étais qu'une enfant moi-même et je devais m'occuper d'un nouveau-né. Mais je n'avais ni l'endurance et la vocation d'un enfant de la balle, ni l'expérience et la confiance d'une mère. J'ai passé une saison physiquement et nerveusement épuisante. Et quand elle s'est terminée, j'ai décidé de rentrer chez moi à Chicago.

C'était la première fois que Jo voyait sous cet angle la vie que Frank et Rachael avaient menée. Elle essaya de se représenter l'étrangeté et les exigences de son monde pour une jeune fille qui le découvrait pour la première fois. Et elle se rappela les dizaines de personnes qui s'étaient jointes au cirque l'espace de quelques semaines avant de jeter l'éponge, incapables de poursuivre l'aventure.

— Je comprends que cela ait été difficile pour vous, acquiesça-t-elle enfin. Mais si Frank et vous étiez vraiment amoureux, vous auriez pu trouver un compromis.

— Comment ? se récria Rachael. Aurais-je dû m'installer quelque part et passer plus de la moitié de l'année sans lui ? J'aurais fini par le détester pour cela. Aurait-il dû abandonner cette vie qui représentait tant pour lui et accepter de vivre avec Keane et moi ? Cela l'aurait détruit.

Rachael sourit tristement.

— Nous nous aimions, c'est vrai, soupira-t-elle. Mais pas assez. Le compromis n'est pas toujours possible et ni l'un ni l'autre n'étions capables de nous adapter aux besoins de celui que nous aimions. J'ai essayé et Frank l'aurait fait aussi, si je le lui avais demandé. Mais nous n'avions aucune chance de réussir. Alors nous avons pris ce qui nous paraissait être la décision la plus sage, étant donné les circonstances.

Elle s'interrompit et fixa Jo, dont elle percevait la jeunesse et l'assurance.

— Je sais que cela peut vous sembler dur ou froid, poursuivit-elle. Mais j'ai compris qu'il ne servait à rien de faire perdurer une situation qui nous conduirait tôt ou tard à nous déchirer. Frank m'avait donné Keane et deux années merveilleuses dont j'ai toujours chéri le souvenir. Je lui ai rendu sa liberté sans amertume. Et, dix ans plus tard, j'ai retrouvé le bonheur. Mais je n'ai jamais oublié Frank et l'amour que nous avions partagé. N'est-ce pas cela le plus important ?

Jo avala sa salive avec difficulté.

— Vous savez que Frank non plus n'a jamais oublié. Toute sa vie, il a suivi les progrès de son fils. Il gardait tous les articles le concernant dans un album.

— Vraiment ? s'exclama Rachael en souriant. Cela ne m'étonne pas de lui, remarquez ! Mais dites-moi, Jo, est-ce qu'il était heureux ? Est-ce qu'il a eu la vie qu'il désirait ?

— Oui, répondit Jo sans hésiter. Et vous ?

— Oui. J'ai eu tout ce que je voulais, même si ce n'était pas forcément de la façon que j'avais imaginée. Et vous, Jo, savez-vous ce que vous attendez de l'existence ?

— Je n'en suis plus si sûre, soupira Jo.

Rachael l'étudia longuement avant de hocher la tête.

— Je ne pense pas que vous soyez une rêveuse, Jo. Je vois en vous une combattante, une guerrière. Et je suis certaine que, lorsque le moment viendra, vous saurez précisément ce que vous voulez. Et, alors, vous ferez tout pour l'obtenir.

Rachael reposa sa tasse à moitié vide et se leva.

— A présent, j'aimerais beaucoup rencontrer vos lions, si vous êtes d'accord. Et j'ai vraiment hâte de voir votre numéro.

Jo se leva à son tour et hésita un instant avant de tendre la main à Rachael.

— Je suis heureuse que vous soyez venue, assura-t-elle gravement.

— Moi aussi, répondit la mère de Keane en serrant affectueusement la main de Jo dans la sienne.

Durant toute la journée, Jo chercha Keane sans succès. Après la discussion qu'elle avait eue avec sa mère, il lui paraissait plus nécessaire encore de lui parler. Sa conscience ne serait pas en paix tant qu'elle ne lui aurait pas présenté des excuses.

Malheureusement, quand arriva l'heure de la représentation, elle n'était toujours pas parvenue à le trouver. Chaque numéro lui parut durer une éternité tant elle avait hâte que le spectacle prenne fin. Elle espérait qu'il se trouvait dans le public en compagnie de sa mère et qu'elle pourrait l'intercepter à la sortie.

Lorsque le moment de la parade finale arriva enfin, elle s'éclipsa discrètement et se plaça près de la porte d'entrée tout en se demandant si elle ne ferait pas mieux de l'attendre près de sa caravane. Mais elle craignait qu'il ne reparte aussitôt pour Chicago.

Lorsqu'elle le vit enfin sortir au bras de sa mère, elle se sentit brusquement envahie par un mélange de soulagement et d'angoisse.

— Jo ! s'exclama Rachael en s'approchant pour lui prendre les mains. Vous étiez merveilleuse ! Je commence à comprendre pourquoi Keane vous qualifiait de beauté indomptable !

Stupéfaite, Jo jeta un coup d'œil à son fils, qui l'observait d'un air impassible.

— Je suis heureuse que ça vous ait plu, répondit-elle avec un pâle sourire.

— Enormément ! Merci pour ce numéro et pour cette journée ! Cela m'a rappelé de merveilleux souvenirs. Et notre petite discussion m'a fait beaucoup de bien.

A la grande surprise de Jo, Rachael se pencha vers elle et l'embrassa sur les deux joues.

— J'espère que nous aurons l'occasion de nous revoir, ajouta-t-elle. Je vais aller saluer Duffy avant de partir, Keane. Je te retrouve à la voiture. Au revoir, Jo.

— Au revoir, madame Loring, dit Jo en la suivant des yeux tandis qu'elle se dirigeait vers Duffy. C'est vraiment quelqu'un de merveilleux, dit-elle à Keane. J'ai honte d'avoir pensé tant de mal d'elle pendant tout ce temps.

— Il n'y a pas de quoi, rétorqua-t-il en plongeant les mains dans ses poches. Nous pensions tous deux avoir de bonnes raisons d'en vouloir à quelqu'un et nous nous trompions. C'est tout. Comment va ton bras ?

— Beaucoup mieux, merci. Les cicatrices seront moins profondes que prévu.

— Tant mieux.

Un silence gêné s'éternisa tandis que Jo rassemblait son courage.

— Keane, lança-t-elle enfin en se forçant à le regarder droit dans les yeux, je voulais m'excuser pour la façon horrible dont je me suis conduite après l'accident.

— Je te l'ai déjà expliqué une fois : je ne veux pas d'excuses, répondit-il d'une voix distante.

— Je t'en prie, écoute-moi, le supplia Jo, bien décidée à ravaler sa fierté. Cela fait longtemps que je veux te parler de cela. Je ne pensais pas les choses que je t'ai dites. Et j'espère vraiment que tu pourras me pardonner.

Ce n'était pas exactement le discours éloquent qu'elle avait imaginé, mais son émotion était si grande en cet instant qu'elle ne pouvait mieux faire.

— Il n'y a rien à pardonner, répliqua-t-il enfin.

Il fit mine de se détourner et elle le prit par le bras pour le retenir.

— S'il te plaît, plaida-t-elle, désespérée. Ne m'abandonne pas sans m'avoir pardonné. Je sais que j'ai prononcé des mots terribles et que tu as parfaitement le droit d'être en colère contre moi. Mais j'aimerais au moins que nous nous quittions en amis.

Keane la contempla longuement et elle crut lire dans ses yeux une tristesse infinie. Finalement, il lui effleura la joue du bout des doigts et sourit.

— Tu as toujours le don de me désarçonner, Jo, lâcha-t-il en laissant retomber son bras le long de son corps. J'ai laissé quelque chose pour toi à Duffy. Sois heureuse.

Sur ce, il s'éloigna, la laissant seule face à la certitude atroce qu'ils ne se reverraient jamais. Incapable de retenir les larmes qui coulaient le long de son beau visage, elle le regarda s'éloigner et disparaître de sa vie aussi soudainement qu'il y était apparu.

Elle se sentait vidée, anéantie, et se demanda

brusquement si elle trouverait la force de continuer à vivre sans lui.

— Jo, l'appela alors Duffy, qui se dirigeait vers elle. Keane a laissé ça pour toi, ajouta-t-il en lui tendant une épaisse enveloppe.

Elle la considéra d'un air absent, puis l'ouvrit d'un geste mécanique. A l'intérieur, elle trouva une liasse de documents juridiques qu'elle parcourut sans vraiment comprendre à quoi ils faisaient référence. Puis, brusquement, elle comprit ce qu'elle tenait entre les mains.

— Qu'est-ce que c'est ? demanda Duffy, curieux.

— Un don, répondit-elle d'une voix étranglée. Keane vient de me céder la propriété du cirque Prescott.

Chapitre 12

Lorsque Jo pénétra dans l'aéroport de Chicago, elle fut stupéfiée par le nombre de personnes qui s'y trouvaient et par le bruit de la foule. Un peu étourdie par cette cacophonie, elle parvint à se frayer un chemin jusqu'à la sortie.

Une fois dehors, elle tomba brusquement en arrêt devant le paysage qui s'offrait à elle. La neige tombait à gros flocons et recouvrait d'un épais manteau blanc tous les endroits qui n'avaient pas été déblayés et salés.

Elle frissonna, constatant que le manteau dont elle avait fait l'acquisition pour l'occasion n'offrait qu'une maigre protection contre le vent glacé qui soufflait. Mais jamais elle n'était venue si loin dans le Nord en plein hiver et elle manquait complètement de repères.

Elle finit par trouver un taxi disponible et, tandis qu'elle approchait de la ville proprement dite, elle ne put s'empêcher d'admirer les beaux bâtiments qui se dressaient au milieu de ce décor d'un blanc immaculé. C'était une vue réellement exceptionnelle.

Malheureusement, Jo ne put l'apprécier très longtemps. Elle n'était pas venue pour faire du tourisme mais pour régler une question qu'elle n'avait que trop longtemps remise à plus tard.

D'un autre côté, elle ne s'était pas attendue aux multiples responsabilités que Keane lui avait transmises en lui offrant le cirque de son père. A peine revenue de sa stupeur, elle avait dû signer de nombreux documents et négocier de nouveaux contrats et s'était retrouvée noyée sous une masse de papiers dont elle avait beaucoup de mal à comprendre les subtilités.

Heureusement, Duffy l'avait aidée à remettre de l'ordre dans ses affaires.

Pendant les dernières semaines de la tournée, elle avait cherché par tous les moyens à joindre Keane, mais ce dernier avait apparemment décidé de ne pas répondre à ses appels ni aux innombrables messages qu'elle avait laissés sur son répondeur.

Alors qu'elle s'apprêtait à partir pour le rencontrer directement, Rose et Jamie avaient annoncé leur mariage et elle avait préféré retarder la date de son départ. Heureusement qu'elle l'avait fait, d'ailleurs, car c'est au cours de la cérémonie qu'elle avait compris ce qu'elle avait à faire.

En voyant ses amis prononcer leurs vœux, elle s'était rendu compte que ce qu'elle désirait le plus au monde, c'était vivre avec Keane. Elle s'était alors rappelé la détermination dont Rose avait fait preuve pour parvenir à ses fins et s'était sentie honteuse de ne pas avoir agi de même.

Elle avait laissé l'initiative à Keane, ne lui avouant jamais ce qu'elle ressentait exactement pour lui, attendant qu'il fasse le premier pas, qu'il prenne toutes les décisions pour eux deux.

Cela ne lui ressemblait pas. Et, pis encore, cela n'avait abouti qu'à leur séparation définitive.

Il était grand temps qu'elle réagisse. Elle irait donc à Chicago et, cette fois, elle ne se laisserait pas décourager aussi facilement. Si Keane l'avait désirée une fois, il pouvait bien la désirer encore. Et, sur cette base, elle pourrait peut-être l'amener à l'aimer.

Et, même si elle n'y parvenait pas, elle aurait suffisamment d'amour pour deux.

En descendant du taxi, Jo regretta amèrement de ne pas avoir mieux préparé son voyage. Elle aurait au moins dû penser à acheter des gants et un bonnet. Et s'assurer que Keane serait bien chez lui. Que ferait-elle s'il était à son bureau ? Ou chez un client ? Ou en vacances, quelque part en Europe ?

Un brusque accès de panique la submergea, mais elle s'obligea à le dominer à force de volonté. Il fallait qu'il soit chez lui. Au moins, elle avait choisi un dimanche pour lui rendre visite.

Mais que se passerait-il si elle le trouvait avec une autre femme ? Cette pensée la glaça bien plus encore que le vent qui balayait la rue. Peut-être ferait-elle mieux de l'appeler. Ou, tout simplement, de monter dans le premier taxi venu pour regagner l'aéroport. Après tout, il ne saurait jamais qu'elle était venue.

Fermant les yeux, Jo se força à respirer profondément pour recouvrer un semblant de calme. Lentement, elle sentit se dissiper ce brusque accès d'hystérie. Elle avait passé sa vie à affronter des lions. Ce n'était donc vraiment pas le moment de céder à une crise d'angoisse.

Hélas, en cet instant précis, elle aurait tout donné pour se retrouver face au fauve le plus assoiffé de sang.

Que se passerait-il s'il la repoussait ?

Serrant les dents, elle se promit qu'elle ne lui donnerait pas l'occasion de le faire. Elle le séduirait. Bien sûr, elle ignorait complètement comment elle était censée s'y prendre, mais elle pourrait toujours improviser…

L'idée de retourner à l'aéroport lui parut soudain terriblement tentante.

Rouvrant les yeux, elle se força à contempler le building de verre et d'acier devant lequel elle se trouvait. C'était là que vivait l'homme qu'elle aimait. Il lui suffisait de traverser un trottoir et de prendre l'ascenseur pour pouvoir le rejoindre, le toucher, l'embrasser.

Si elle faisait demi-tour à présent, elle s'en voudrait toute sa vie.

Comme elle se faisait cette réflexion, un piéton la bouscula et elle dut faire un pas en avant pour conserver l'équilibre. Naturellement son autre pied suivit et, avant même de comprendre ce qu'elle était en train de faire, elle pénétra dans le hall de l'immeuble.

D'un pas assuré, elle le traversa sans même remarquer le concierge qui n'osa pas arrêter une femme aussi décidée. Elle pénétra dans le gigantesque ascenseur et pressa le bouton correspondant à l'étage où habitait Keane.

Le trajet ne dura que quelques secondes, mais elle eut l'impression que des siècles s'écoulaient avant que la double porte ne s'ouvre dans un chuintement discret. Elle sortit et se retrouva dans un couloir recouvert d'une épaisse moquette beige.

Elle le suivit jusqu'à la porte de Keane, bénissant la précision sourcilleuse des documents juridiques sur lesquels elle avait trouvé son adresse exacte. Là, elle s'immobilisa, sentant ses jambes devenir comme du coton et ses mains moites. Une sueur froide coula le long de son dos et son cœur se mit à battre la chamade.

Tétanisée, elle resta figée devant la porte, sentant une fois de plus sa volonté vaciller. Elle se souvint alors de ce que lui avait dit Rachael Loring : elle était une guerrière, une combattante.

Serrant le poing si fort que ses ongles mordirent la chair de sa paume, elle frappa et attendit. Fort heureusement, il ne s'écoula que quelques secondes avant que le battant ne s'ouvre, révélant Keane.

Lorsqu'il la vit, il ouvrit de grands yeux et, en de tout autres circonstances, elle aurait trouvé presque comique la stupeur qui se lisait sur son visage.

— Bonjour, Keane, articula-t-elle d'une voix passablement tremblante.

Il se contenta de la regarder fixement, remarquant sans vraiment les voir les cheveux trempés par la neige fondue, les joues rougies par le froid et le manteau bien trop fin pour la saison.

Jo constata qu'il avait maigri au cours des derniers mois. Ses beaux yeux étaient cernés et une barbe naissante ombrait son visage.

— Qu'est-ce que tu fais là ? articula-t-il enfin.

Percevant la dureté de sa voix, Jo sentit un souffle de panique l'envahir. Mais elle se reprit aussitôt.

— Est-ce que je peux entrer ? demanda-t-elle.

La question parut le prendre de court et il fronça les sourcils.

— Oui, bien sûr, répondit-il enfin. Désolé.

Il passa nerveusement une main dans ses cheveux et s'écarta pour la laisser passer. Rassemblant son courage, elle s'avança et découvrit un loft qui, par bien des côtés, ressemblait à ce qu'elle avait imaginé.

C'était un espace ouvert, bordé sur deux côtés par des baies vitrées qui dominaient la ville. Le premier niveau était constitué d'une pièce immense qui servait à la fois de salon et de salle à manger. Le sol était couvert d'une épaisse moquette de couleur claire et les deux murs étaient uniformément blancs.

Le mobilier était simple et fonctionnel : un grand canapé d'angle brun qui faisait face à un immense écran de télévision, une table basse de verre et de chrome, quelques poufs bleus d'aspect confortable et, aux murs, des tableaux d'artistes contemporains dont les couleurs lumineuses tranchaient avec la sobriété de l'ensemble.

Sur la droite se trouvait un escalier qui menait à une mezzanine où Keane avait installé son bureau. Les deux portes que l'on apercevait au fond devaient desservir les chambres.

Tandis qu'elle observait les lieux, Jo sentit la tension qui l'habitait refluer lentement.

— C'est magnifique, déclara-t-elle. J'adore la vue que l'on a d'ici.

— Merci, répliqua sobrement Keane, qui s'était éloigné d'elle, laissant la moitié de la pièce entre eux.

Il se tut tandis qu'elle contemplait la neige qui tombait au-dehors.

— Jo, fit-il enfin, puis-je savoir ce que tu viens faire ici ?

— Il fallait que je te parle. Et, comme tu ne répondais pas au téléphone, j'ai décidé de venir en personne.

— Ce doit être diablement important, remarqua-t-il sans la quitter des yeux.

— C'est effectivement ce que je me suis dit.

— Très bien, soupira-t-il. Parlons, donc. Mais, avant cela, donne-moi ton manteau.

Jo commença à le déboutonner, mais ses doigts étaient engourdis par le froid, ce qui rendait l'opération délicate.

— Bon sang, tu es gelée ! s'exclama Keane en se rapprochant.

Il prit ses mains dans les siennes et étouffa un juron.

— Où sont tes gants ? lui demanda-t-il. Il fait moins dix, dehors !

— J'ai oublié d'en acheter, avoua-t-elle, heureuse de sentir ses mains contre les siennes.

— C'est vraiment stupide ! Quelle idée de venir à Chicago sans gants en plein mois de novembre !

— Je n'étais jamais venue en cette saison, tu sais ? rétorqua-t-elle avec un sourire désarmant. C'est vraiment très joli.

Les yeux de Keane glissèrent des mains de Jo à son visage et il poussa un profond soupir de résignation et de frustration mêlées.

— Moi qui étais presque parvenu à me convaincre que je pourrais guérir, murmura-t-il.

Jo lui jeta un regard alarmé.

— Tu étais malade ?

Keane éclata d'un rire amer et secoua la tête.

— Laisse-moi m'occuper de ton manteau. Ensuite, j'irai nous préparer une bonne tasse de café. Cela devrait te réchauffer un peu.

— Ce n'est pas la peine de te donner tout ce mal, tu sais ? lui dit-elle tandis qu'il la déboutonnait.

— Je me sentirais mieux si tu n'étais pas en train de te transformer en glaçon, riposta-t-il en lui ôtant son manteau.

Il s'immobilisa alors et la contempla avec étonnement. Elle portait un pull-over en angora qui soulignait la courbe de ses seins et une jupe en laine qui révélait ses longues jambes gainées de Nylon.

— Quelque chose ne va pas ? s'enquit-elle.

— Eh bien, c'est la première fois que je te vois porter autre chose qu'un jean ou un costume de scène, lui dit-il.

— Vraiment ? s'exclama Jo en passant la main dans ses cheveux pour chasser les derniers flocons qui s'y accrochaient encore. Et qu'est-ce que tu en penses ?

— Que tu es magnifique, répondit-il d'une voix un peu rauque. Et que tu ressembles à une lycéenne en vacances. Assieds-toi, je vais faire le café.

Un peu étonnée par ses brusques variations

d'humeur, Jo alla s'installer sur l'un des poufs qui était posé près de la vaste baie vitrée. Malgré l'épais tapis qui étouffait le bruit de ses pieds nus, elle perçut le moment précis où Keane réintégra la pièce et se tourna vers lui.

— Je commence à regretter d'avoir passé tous mes hivers en Floride, lui lança-t-elle. J'adore la neige et j'ai toujours rêvé d'un vrai Noël avec des bonshommes de neige dans les rues et des stalactites aux fenêtres.

Keane la rejoignit et lui tendit l'une des tasses qu'il avait rapportées de la cuisine. Jo la prit entre ses doigts, qu'elle sentit aussitôt se réchauffer. Ils burent quelques instants en silence.

— De quoi voulais-tu me parler, exactement, Jo ? lui demanda enfin Keane.

— De plusieurs choses, en fait. Du cirque, tout d'abord. Je n'ai pas voulu t'écrire parce que je pensais que c'était trop important. Tu ne peux pas me donner quelque chose d'aussi énorme, Keane. Et je ne peux pas l'accepter.

— Pourquoi pas ? Nous savons tous deux que le cirque a toujours été à toi. Un morceau de papier ne change pas grand-chose, au fond.

— Mais c'est à toi que Frank l'a laissé.

— Et je te l'ai donné à mon tour.

Jo émit un petit soupir de frustration.

— J'aimerais au moins pouvoir te payer, insista-t-elle.

— Quelqu'un m'a demandé un jour à quel prix j'estimais la vie et les rêves des gens du cirque. Je n'avais pas de réponse à donner, alors. En as-tu une, aujourd'hui ?

Jo sentit son cœur se serrer, stupéfaite qu'il se souvienne encore de ce qu'elle lui avait dit ce jour-là.

— Je ne sais pas quoi te dire, soupira-t-elle enfin. Merci semble si futile…

— Et pas du tout nécessaire. Je n'ai fait que te rendre ce qui t'appartenait de façon légitime. Mais tu avais dit que tu voulais me parler de plusieurs choses, Jo.

Cette fois, songea-t-elle, le moment de vérité était venu. Se levant, elle posa sa tasse à moitié vide sur la table basse et s'éloigna un peu de Keane pour se donner du courage. Prenant une profonde inspiration, elle le regarda droit dans les yeux.

— Je veux devenir ta maîtresse, lui dit-elle posément.

— Pardon ? s'exclama-t-il, les yeux agrandis par la stupeur la plus totale.

Jo avala sa salive.

— Je veux devenir ta maîtresse, répéta-t-elle. C'est bien le nom qui convient, n'est-ce pas ? Ou faut-il dire ton amante ? Je ne sais pas. Tout cela est tellement nouveau pour moi.

Lentement, Keane posa sa tasse près de celle de

Jo et se leva à son tour. Pourtant, il ne s'approcha pas d'elle, se contentant de l'observer attentivement.

— Jo, tu ne sais pas ce que tu dis.

— Oh, si ! s'écria-t-elle vivement. La terminologie n'est peut-être pas la bonne, mais je sais précisément ce que je veux et je suis sûre que toi aussi, tu en as envie. Je veux être avec toi, Keane.

Elle fit un pas dans sa direction.

— Je veux que tu me fasses l'amour. Je veux vivre avec toi, si tu es d'accord, ou près de toi, dans le cas contraire.

— Jo, tu racontes n'importe quoi, protesta-t-il.

Se détournant d'elle, il serra les poings et les plongea dans les poches de son jean.

— Est-ce que je ne t'attire plus ? s'enquit-elle d'une voix blessée.

Il fit volte-face et la dévisagea d'un air stupéfait.

— Comment peux-tu penser une chose pareille ? Bien sûr que tu m'attires. Il faudrait être aveugle pour ne pas s'en rendre compte.

Elle se rapprocha encore un peu plus.

— Dans ce cas, si je te désire et que tu me désires, pourquoi ne deviendrions-nous pas amants ?

Keane poussa un juron et s'avança pour la prendre par les épaules.

— Tu crois peut-être que je pourrai me contenter d'un hiver avec toi et te laisser repartir ensuite ? Tu crois vraiment que je pourrai te regarder sortir de ma vie après une seule saison ? Ne comprends-tu pas l'effet que tu me fais ?

A chaque question, il la secouait si violemment qu'elle en avait le souffle coupé.

— Tu me rends fou ! s'écria-t-il.

Incapable de résister, il l'attira contre lui et l'embrassa avec passion. Son ardeur était telle que Jo sentit ses doigts s'enfoncer dans sa chair tandis que ses lèvres se faisaient conquérantes, balayant en elle toute raison, toute logique.

Elle ne parvenait pas à comprendre ce qui était en train de se passer, mais s'abandonnait avec une joie immense à cette étreinte. Elle avait l'impression de ressusciter entre ses bras, de se réveiller brusquement d'un cauchemar atroce pour se retrouver là où elle se sentait vraiment chez elle.

Puis elle l'entendit gémir contre sa bouche et il s'arracha à elle. Il s'éloigna aussitôt, comme s'il avait peur de ne pas répondre de ses actes, la laissant en proie à un délicieux vertige.

— Que faut-il donc que je fasse pour me débarrasser de toi ? soupira-t-il, défait.

— Je ne crois pas que m'embrasser de cette façon soit la meilleure façon d'y parvenir, répondit-elle, un peu désorientée par ces constants revirements.

— J'en ai conscience, murmura-t-il. C'est pour cela que je lutte contre la tentation de le faire depuis que tu as passé cette porte.

Lentement, Jo le rejoignit et posa la main sur son épaule. Elle sentit la tension qui l'habitait et commença à masser ses muscles contractés.

— Je suis désolée si je fais tout de travers, Keane. Mais je pensais que te dire la vérité en face vaudrait mieux que d'essayer de te séduire. Je ne pense pas être très douée pour cela.

Il émit un son qui tenait autant du rire que du gémissement.

— Jo, dit-il en se tournant vers elle pour la prendre dans ses bras, comment puis-je faire pour te résister ? Combien de fois devrai-je te repousser pour être libéré enfin ? Le simple fait de penser à toi me rend fou.

— Keane, chuchota-t-elle en posant doucement sa joue sur son épaule, cela fait si longtemps que j'attends que tu me serres dans tes bras de cette façon. Même si cela ne doit durer qu'un moment…

— Non, répondit-il en s'écartant pour la regarder dans les yeux. Ne vois-tu pas que ce moment serait de trop alors que c'est la vie entière que je veux ? Je t'aime trop pour te laisser partir mais je t'aime trop pour ne pas le faire.

Cet aveu transperça le cœur de Jo de part en part. Sous le choc, elle fut incapable d'y répondre et ne put qu'écouter ce qu'il lui avouait enfin.

— C'était différent lorsque je pensais que j'étais juste sous le charme, que je te désirais simplement. J'étais certain qu'il me suffirait de faire l'amour avec toi pour me guérir de l'emprise que tu exerçais sur moi. Jusqu'à cette nuit où Ari est mort. Je t'ai tenue dans mes bras pendant que tu dormais et j'ai compris que je t'aimais, que je t'avais probablement aimée dès le premier jour.

— Mais…, balbutia-t-elle, tu ne m'as jamais rien dit. Et tu avais l'air si froid, si distant…

— Parce que je savais que je ne pouvais pas te toucher sans vouloir beaucoup plus.

La serrant contre lui, il enfouit son visage dans les cheveux de Jo comme s'il espérait s'y noyer.

— Mais j'étais incapable de rester loin de toi, reprit-il à voix basse. Je savais pourtant que, si je te voulais vraiment, l'un de nous devrait renoncer à la vie qu'il aimait, à ce qu'il était. Je me suis alors demandé si je pouvais renoncer au droit. C'était la seule chose que j'avais jamais voulu faire dans la vie, mais j'ai compris que tu étais plus importante que cela.

— Oh, Keane, murmura-t-elle, ne parvenant pas à croire qu'elle n'ait rien senti de tout cela.

— J'ai failli tout plaquer, lui dit-il. Et je l'aurais fait sans regret s'il n'y avait pas eu autre chose…

Il se dégagea à contrecœur de son étreinte et se rapprocha de la fenêtre. Pendant quelques instants, il contempla les gros flocons de neige qui tourbillonnaient au gré des sautes de vent.

— Chaque fois que tu entrais dans cette cage, reprit-il, j'avais l'impression de vivre un enfer. Je me suis dit que je finirais par m'y habituer, mais ça n'a fait qu'empirer. J'ai essayé de te quitter, de revenir ici, mais j'en étais incapable et je ne cessais de retourner vers toi. Le jour où tu as été blessée…

Keane s'interrompit et ferma les yeux. Jo l'entendit prendre une profonde inspiration avant de poursuivre.

— Je t'ai vue bondir devant Gerry et prendre le coup à sa place. Je ne pourrais même pas te décrire ce que j'ai ressenti à cet instant. Il n'y a pas de mots pour cela. Tout ce que je voulais, c'était te rejoindre. Je ne sais pas si Pete te l'a dit, mais je l'ai frappé lorsqu'il a essayé de m'arrêter. Il a fallu que Buck me ceinture. Et puis je suis resté là à te regarder tenir tête à ce lion. Je n'avais jamais ressenti une peur pareille auparavant. J'avais l'impression qu'elle vidait à la fois mon corps, mon cœur et mon âme…

Il se tut, serrant convulsivement le poing.

— Puis tout est allé très vite. J'ai couru vers toi et tu gisais à terre dans une flaque de sang. Tu étais si pâle que j'ai cru que tu étais morte. Je voulais brûler le cirque, je voulais étrangler le lion qui t'avait fait cela. J'aurais fait n'importe quoi. Je ne pouvais supporter de ne pas avoir été là pour te défendre, d'avoir été si totalement impuissant. Et avant même que je me sois remis de mes émotions, tu commençais déjà à dire que tu allais retourner dans cette maudite cage. J'aurais voulu te tuer pour en finir une bonne fois pour toutes.

Lentement, Keane se tourna vers elle.

— Pendant des semaines, chaque fois que je fermais les yeux, je revivais cette scène. Je peux te montrer précisément où il t'a griffée.

S'approchant d'elle, il traça du bout des doigts quatre lignes à l'endroit exact où le lion avait frappé. Puis sa main retomba et il secoua la tête, vaincu.

— Je ne peux pas te voir retourner dans cette cage, Jo. Et si je te laisse rester aujourd'hui, je deviendrai fou le jour où tu reprendras la route. J'essaierai de t'en empêcher alors que je n'en ai pas le droit.

— Fais-le, murmura-t-elle, la voix enrouée par l'émotion. J'ai tellement envie que tu le fasses.

— Ce ne serait pas juste. Je sais combien c'est important pour toi. Tu me l'as expliqué, la nuit où nous avons joué au poker.

— Mais le droit était important pour toi et tu l'aurais abandonné sans hésiter, n'est-ce pas ?

— Oui, mais…

— Très bien, déclara-t-elle d'une voix ferme. Puisque tu ne le fais pas, c'est moi qui vais devoir m'en charger. Keane, veux-tu m'épouser ?

Il la contempla avec stupeur.

— Jo, tu ne peux pas…

— Bien sûr que si, l'interrompit-elle. Nous sommes au XXIe siècle. Et si j'ai envie de te demander en mariage, rien ne peut m'en empêcher. D'ailleurs, ajouta-t-elle, c'est exactement ce que je viens de faire.

— Jo…

— Oui ou non ? Ce n'est pas une question si difficile.

Elle avança d'un pas et s'immobilisa à quelques centimètres de lui, le défiant du regard.

— Je t'aime. Je veux me marier avec toi et avoir des enfants avec toi. Qu'est-ce que tu en dis ?

Keane ouvrit la bouche et la referma. Puis, lentement, un sourire se dessina sur ses lèvres et il posa les mains sur les épaules de Jo.

— C'est un peu soudain, remarqua-t-il malicieusement.

Jo sentit son cœur se gonfler d'une joie indicible.

— Peut-être. Mais tu n'as qu'une minute pour te décider. Et je n'accepterai pas un refus.

Il éclata de rire.

— On dirait bien que je n'ai guère le choix.

— Pas vraiment.

Posant les mains de chaque côté de son visage, elle l'attira alors vers le sien et l'embrassa tendrement.

— Comment ai-je pu penser un seul instant que je pourrais vivre sans toi ? murmura-t-il lorsqu'ils se séparèrent enfin. Je serais incapable de te perdre, Jo. J'ai besoin de toi. Mais je te demande tellement…

— Mais tu m'offres plus encore, répondit-elle avec un sourire. Quand tu comprendras à quel point je t'aime, tu comprendras que je ne perds pas au change.

— Si seulement il y avait un compromis possible ! soupira-t-il.

— Non, répliqua-t-elle en pensant à ce que Rachael lui avait dit. Il n'y en a pas. Et, parfois, il faut savoir l'accepter. Nous nous aimons suffisamment pour que cela n'ait pas d'importance. Si je suis avec toi, je ne regretterai pas ma vie avec le cirque. D'ailleurs, ajouta-t-elle en souriant, j'en suis la légitime propriétaire grâce à toi. Et il faudra bien que j'effectue quelques visites d'inspection de temps à autre. Mais je te promets que je n'entrerai plus jamais dans la cage aux lions.

— Et moi, je te promets de ne jamais oublier le sacrifice que tu as fait pour moi. Chaque jour, je ferai en sorte que tu ne le regrettes pas.

Il l'embrassa de nouveau avec passion, mais, pour la première fois, ce fut elle qui le repoussa doucement.

— Cela fait plus d'une minute, observa-t-elle avec un sourire malicieux. Et tu n'as toujours pas répondu à ma question.

— Quelle question ?

— Est-ce que tu veux m'épouser ?

Keane éclata de rire et hocha la tête.

— Est-ce que tu as quelque chose de prévu, pour demain ?

La fierté des MacGregor

Comme tous les MacGregor, Serena, la benjamine de cette puissante famille, est incapable de résister à un défi. Qu'il s'agisse de se faire embaucher sur un paquebot de croisière pour prouver qu'elle est capable de gagner sa vie sans l'aide des siens, ou de tenir tête à Justin Blade, un passager aussi mystérieux que séduisant…

Le premier tome d'une saga captivante, qui nous entraîne dans l'histoire mouvementée des MacGregor, un clan fier de ses origines écossaises.

Un printemps au Maryland

De retour dans le Maryland, où elle espère renouer avec sa mère après des années de séparation, Vanessa est bouleversée de retrouver Brady, son amour de jeunesse. L'homme qui a brisé son cœur d'adolescente et qu'elle croyait avoir chassé de sa mémoire à jamais…

Le roman d'une renaissance à soi-même, à la vie, et à l'amour.

Prochain rendez-vous le 1er juin 2011

A paraître le 1er mars

Best-Sellers n°455 • suspense

Le secret de Black Falls - Carla Neggers

De retour dans son village natal de Black Falls pour fuir un scandale qui menace sa carrière d'agent secret, Jo Harper vient chercher un peu de calme et de sérénité sous le rideau neigeux des montagnes de son enfance. Mais au lieu du havre de paix dont elle rêve, elle retrouve son village en état de choc : une adolescente a mystérieusement disparu dans la montagne. Incapable de laisser cette jeune fille seule en pleine tempête, Jo propose de participer aux recherches… pour découvrir qu'il lui faudra s'associer à Elijah Cameron, l'homme qui lui a brisé le cœur quinze ans auparavant. Malgré ses douloureux souvenirs, Jo se résigne à faire équipe avec Elijah. D'autant plus que des indices la conduisent à soupçonner l'adolescente disparue de ne pas s'être seulement perdue, mais aussi et surtout de fuir un danger – un danger redoutable qui pourrait bien les placer eux aussi dans la ligne de mire d'un tueur.

Best-Sellers n°456 • suspense

L'ombre du soupçon - Laura Caldwell

Izzy McNeil n'en revient pas : la voilà présentatrice d'une nouvelle chaîne de télévision. Après des mois particulièrement difficiles, la chance semble enfin lui sourire à nouveau. Il ne lui reste plus qu'à retrouver confiance en elle et à remettre de l'ordre dans sa vie sentimentale. Mais tout cela passe d'un seul coup au second plan quand elle retrouve Jane, sa meilleure amie, sauvagement assassinée. Anéantie, Izzy doit en outre affronter les attaques d'un odieux inspecteur de police qui la soupçonne du meurtre de son amie. Comment se défendre face à ces accusations quand des coïncidences incroyables la désignent comme la coupable idéale – tandis que de sombres secrets que Jane aurait sans doute voulu emporter dans la tombe commencent à remonter à la surface ?

Best-Sellers n°457 • thriller

Au cœur du danger - Alex Kava

Des cauchemars, qui la hantent nuit après nuit… Des insomnies, de plus en plus fréquentes. Maggie O'Dell n'aurait jamais imaginé que son travail de profiler du FBI s'insinuerait de la sorte dans sa vie privée, jusqu'à troubler son sommeil. Déstabilisée mais décidée à conserver son sang froid, elle n'hésite pas un instant à se rendre en Floride pour une nouvelle enquête qui se révèle ardue. D'étranges paquets non identifiés ont en effet été repêchés par les garde-côtes, dans les eaux de Pensacola. Des paquets qui ne laissent hélas aucun doute sur le fait que des meurtres ont eu lieu. Sur place, Maggie ne tarde pas à trouver une piste, celle d'un trafic terrifiant. Mais son enquête se complique quand un terrible ouragan se déclare. Au cœur de la tourmente, elle est alors soulagée de pouvoir compter sur l'aide du médecin militaire Benjamin Platt, un homme qu'elle connaît de longue date et à qui elle accorde une confiance absolue. Car ils ne seront pas trop de deux pour exhumer la vérité… au risque d'être ensevelis avec elle.

Best-Sellers n°458 • roman

La baie des promesses - Debbie Macomber

C'est dans la petite ville de Cedar Cove qu'elle ne quitterait pour rien au monde qu'Olivia Lockhart exerce avec passion son métier de juge aux affaires familiales. Un métier qui réserve souvent bien des surprises, comme par cette belle matinée d'été, où elle a affaire à un jeune couple décidé à divorcer alors que leur amour semble encore possible. Mais des surprises, la vie en réserve aussi en dehors du tribunal. Ce journaliste, par exemple, qu'Olivia vient de rencontrer et qui lui fait une cour assidue. Et puis, il y a sa fille, Justine, qu'elle aimerait aider dans ses choix de vie ; sa mère, Charlotte, qui a toujours un nouveau projet en tête ; et sa meilleure amie Grace, qui cherche son mari mystérieusement disparu. Bref, des gens qu'elle aime et qui ont besoin de toute son affection. Des gens qui ne peuvent que se croiser et se retrouver car à Cedar Cove, on n'est jamais loin les uns des autres…

Best-Sellers n°459 • paranormal

Le piège des ténèbres - Gena Showalter

Immortelle dotée de pouvoirs maléfiques qu'elle a toujours rejetés, Gwendolyn désespère d'échapper un jour aux hommes impitoyables et cruels qui la retiennent prisonnière. Pourtant, elle nourrit encore l'espoir secret de voir son père, cet ange aux yeux d'azur et aux grandes ailes blanches dont elle conserve précieusement le portrait depuis son enfance, la libérer de ses ravisseurs – et surtout de la moitié sombre de son être. Mais au lieu de cela, c'est Sabin, un guerrier ténébreux, un prince des seigneurs de l'ombre, qui se présente à elle pour la délivrer. Et semer le trouble dans son esprit. Car comment accorder sa confiance à cet immortel qui ne songe qu'à se battre et dont la violence est légendaire ? N'est-il pas en train de lui tendre un piège encore plus redoutable que celui dans lequel elle est déjà enfermée ? Suivre Sabin, n'est-ce pas prendre le risque de renoncer à jamais au monde dont elle a toujours rêvé ?

Best-Sellers n°460 • suspense

Le silence des anges - Dinah McCall

« Dors, mon ange, dors. » L'inscription, gravée sur le pendentif, est de celles qui vous glacent le sang. Car l'enfant que l'on vient de retrouver, portant ce collier, a été assassinée…
A l'annonce de cette nouvelle, Olivia Sealy est sous le choc. Car la petite fille est morte vingt-cinq ans plus tôt – au moment même où Olivia était enlevée, séquestrée, puis libérée contre rançon. Plus troublant encore : comme Olivia, la petite fille assassinée a une légère déformation à la main… Pour la première fois de sa vie, Olivia se sent en danger, à la merci d'une vérité sur laquelle elle n'a aucune prise. Car il est possible que, vingt-cinq ans plus tôt, on l'ait confondue avec la petite morte…

Best-Sellers n°461 • historique

La duchesse scandaleuse - Nicola Cornick

Angleterre, Régence

Depuis le décès de son mari, Laura, duchesse de Cole, est déterminée à rester libre et sans attaches, excepté ce lien fort qui l'unit à Hattie, sa fille adorée. Une décision irrévocable, croit-elle, jusqu'au jour où elle apprend l'arrivée en ville de Dexter Anstruther. Dexter, le véritable père de son enfant. Le seul homme qu'elle ait jamais aimé et avec lequel elle a passé, jadis, une scandaleuse nuit d'amour… avant de se résoudre à le quitter, dans l'espoir de l'oublier. Peine perdue : quatre ans plus tard, les souvenirs de Laura sont plus vivaces que jamais, tout comme l'attirance irrépressible qu'elle éprouve pour Dexter. Pourtant, cette fois, elle devra tout faire pour l'éviter. Car non seulement Dexter n'a manifestement jamais digéré l'affront qu'elle lui a fait, mais en plus, il ignore tout de sa paternité. Et s'il venait à découvrir la vérité, nul doute qu'il s'en servirait pour se venger d'elle…

Composé et édité par les
*éditions*Harlequin
Achevé d'imprimer en France (Malesherbes)
par Maury-Imprimeur
en janvier 2011

Dépôt légal en février 2011
N° d'imprimeur : 160647 — N° d'éditeur : 15517